Remo Kroll und Frank-Rainer Schurich

# Brudermord

**Remo Kroll** ist Angehöriger der Berliner Polizei und widmet sich publizistisch der Historie der Kriminalpolizei und der Morduntersuchung in der DDR. Er ist Mitherausgeber der Schriftenreihe *Polizei. Studien zur Geschichte der Verbrechensbekämpfung*. Darüber hinaus hat er vielfach publiziert, u. a. bei Bild und Heimat gemeinsam mit Frank-Rainer Schurich: *Die Tote von Wandlitz* (2016).

**Frank-Rainer Schurich** lehrte als ordentlicher Professor für Kriminalistik an der Humboldt-Universität zu Berlin und ist seit 2015 ebenfalls Mitherausgeber der Schriftenreihe *Polizei*. Er arbeitete regelmäßig bei der Berliner Kripo; seit 1994 ist er freier Autor. Er legte zahlreiche Publikationen vor, zuletzt bei Bild und Heimat gemeinsam mit Remo Kroll: *Postraub am Spreekanal* (2017).

Remo Kroll und Frank-Rainer Schurich

# Brudermord

und zwei weitere wahre Verbrechen von Sowjetsoldaten in der DDR

Bild und Heimat

Von Remo Kroll und Frank-Rainer Schurich liegen bei Bild und Heimat außerdem vor:
***Postraub am Spreekanal*** *und zwei weitere authentische Kriminalfälle aus der DDR* (2017)
***Die Tote von Wandlitz*** *und zwei weitere Fälle* (Blutiger Osten, 2017)
***Tötungsdelikt Gisela G.*** *und zwei weitere Fälle* (Blutiger Osten, 2018)

ISBN 978-3-95958-142-4

1. Auflage

Umschlaggestaltung: fuxbux, Berlin
Umschlagabbildung: © picture alliance / dpa-Zentralbild / Ulrich Haessler
Druck und Bindung: GGP Media GmbH, Pößneck

Ein Verlagsverzeichnis schicken wir Ihnen gern:
BEBUG mbH / Verlag Bild und Heimat
Alexanderstr. 1
10178 Berlin
Tel. 030 / 206 109 – 0

*www.bild-und-heimat.de*

# Inhalt

## Vorwort

In unserem vierten Band über wahre Mordfälle in der DDR schlagen wir ein Sonderkapitel der Kriminalgeschichte auf. Straftaten, begangen durch Angehörige der Gruppe der sowjetischen Streitkräfte in Deutschland (GSSD), waren ein Tabuthema. Nur äußerst selten wurde die Bevölkerung der DDR darüber informiert, denn auf den »großen Bruder« und seine Militärs sollte und durfte kein Schatten fallen. Durch die von den politisch Verantwortlichen realisierte restriktive Informationspolitik existieren bis heute zahlreiche Gerüchte und Legenden; wenn die Verbrechen nicht zu verheimlichen waren, wurde die konkrete Wahrheit oft sorgfältig unter den Tisch gekehrt.
Wir wollen nun über drei Tötungsdelikte mit sehr differenzierten Motivlagen berichten. Dabei sind wir natürlich wieder den Tätern auf der Spur, und der Titel des Buches verrät schon, wo sie zu finden sein werden. Zu Beginn der Morduntersuchung war die Aufklärung jedoch ungewiss, so dass es außergewöhnlicher kriminalpolizeilicher Ermittlungen gemeinsam mit dem Ministerium für Staatssicherheit (MfS) und den Militärstaatsanwaltschaften der DDR und der GSSD bedurfte.

Am 17. April 1972 kam es in dem beschaulichen Dorf Seehausen im Kreis Jüterbog, Bezirk Potsdam, zu einem Doppelmord. Die Rentnerin Anna Ballmann und ihre Bekannte, die Reichsbahnangestellte Roselinde Grosse, wurden erschossen aufgefunden. Was war Schreckliches passiert? Handelte es sich um einen Raubmord? Im Juli 1984 verständigte eine Bürgerin in der Kreisstadt Parchim im Bezirk Schwerin die Volkspolizei: Ein Kind wurde von einem unbekannten Mann entführt. Das kleine Mädchen konnte wenig später nur noch tot geborgen werden. Seine Verletzungen und der entkleidete Leichnam deuteten auf einen Sexualmord hin. Am Donnerstag, den 11. Juni 1987, tötete der im Wachdienst befindliche Soldat der GSSD, Anatoli Knish, im Ortsteil Drögen der Gemeinde Fürstenberg (Kreis Gransee, Bezirk Potsdam) die Brüder Uwe und Christian Baer. War es Mord an den Teenagern oder handelte er rechtmäßig in Ausübung seiner Dienstpflichten?

Die Fälle gestalteten sich von der Untersuchung her völlig unterschiedlich. Während beim Doppelmord in Seehausen die Kriminalpolizei die Untersuchungen führte, der Täter im Rahmen der Fahndung gestellt und an die zuständige Kommandantur der GSSD übergeben wurde, wurde der Täter im zweiten Fall zwar im Rahmen der Fahndung ergriffen, die Untersuchung führte allerdings das Untersuchungsorgan der Bezirksverwaltung für Staatssicherheit Schwerin. Am Demmlerplatz saß der Täter in Untersuchungshaft und wurde dort auch außerordentlich intensiv und fachlich versiert vernommen. Erst nach Abschluss der Untersuchungen übergab man ihn dem sowjetischen Militär – einschließlich der Untersuchungsergebnisse. Im dritten Fall ermittelten zwar die Militäroberstaatsanwaltschaft, die der Generalstaatanwaltschaft der DDR unterstand und die Hauptabteilung IX/7 des MfS, aber die sowjetische Seite diktierte das Untersuchungsergebnis.

Nicht unerwähnt soll bleiben, dass es seitens der Hauptabteilung Kriminalpolizei im Ministerium des Innern der DDR eine Musterakte »Anzeigenvorgang und Ermittlungsakte zu Straftaten mit Beteiligung von Angehörigen der sowjetischen Streitkräfte« gab. Das uns vorliegende Exemplar, das eine Vertrauliche Dienstsache und von allen Kriminalpolizisten zu beachten war, stammt aus dem Jahr 1986. Einleitend wird darauf hingewiesen, dass in diesen Fällen »eine besondere Form des Rechtsverkehrs mit den sowjetischen Militärstaatsanwälten« begründet wird. »Insbesondere bei begründetem Tatverdacht gegen namentlich unbekannte Angehörige der sowjetischen Streitkräfte müssen die übergebenen Anzeigenvorgänge oder Ermittlungsakten die sowjetischen Organe in die Lage versetzen, durch eigene Ermittlung innerhalb ihrer Standorte die Täter festzustellen. Die Qualität der Protokollierung und Dokumentation der Anzeigenprüfungs- und Ermittlungsergebnisse muss den Anforderungen an eine hinreichende Begründung des Tatverdachts gegen Angehörige der sowjetischen Streitkräfte durch ihre Organe entsprechen.« Dabei beschränkt sich die Musterakte auf Eigentumsdelikte, auf die im Zusammenhang mit der Täterschaft zu beachtenden Besonderheiten wird in den einzelnen Protokollen hingewiesen. Sehr optimistisch wird zum Beispiel formuliert: »Wird ein Verdächtiger von sowjetischen Organen an die Deutsche Volkspolizei übergeben, ist im Übernahmeprotokoll zu vermerken, wer von wem mit der Übergabe beauftragt wurde und woraus sich der Verdacht gegen den Verdächtigen begründet.« Die Auslieferung eines GSSD-Angehörigen an die Kriminalpolizei dürfte aber nur im Ausnahmefall geschehen sein.

In unseren Darstellungen wollen wir die Welt der DDR nicht zu einem Szenario dauernder Todesgefahr durch mordende Sowjetsoldaten verdichten, denn so war sie nicht. Ein Blick auf die Kriminalstatistik lässt uns die Kriminalität von Angehörigen der GSSD einordnen und bewerten. Dabei beziehen wir uns im Wesentlichen auf das Buch *Besatzer – Die Russen in Deutschland 1945–1994* von Silke Satjukow.

1976 wurden in der DDR insgesamt 124 678 Straftaten registriert, wovon 887 auf die GSSD fielen – das sind 0,7 Prozent der Delikte. Dies steigerte sich bis 1982 auf insgesamt 2874 GSSD-Straftaten von 120 275 Straftaten in der DDR – ein Anteil von 2,4 Prozent. Mit der Entwicklung des Sozialismus nahm die Anzahl der Straftaten in der DDR also allgemein gesehen ab, die von GSSD-Angehörigen verübten Delikte allerdings zu. Die meisten der von ihnen verübten Straftaten waren Eigentumsdelikte, wie Einbrüche in Keller oder Gartenanlagen: 1989 waren insgesamt 1127 Diebstahlshandlungen durch GSSD-Angehörige zu verzeichnen, wobei von einer hohen Dunkelziffer auszugehen ist. Es wurden vor allem Lebensmittel und Alkohol entwendet, weshalb der Sachschaden oft ungleich höher als der Wert des Diebes- oder Stehlguts war. Die begangenen Diebstähle hatten ihren Nährboden vielfach in der äußerst spartanischen Versorgung der Soldaten. Bestand durch die Nähe zu sowjetischen Kasernen der Verdacht, dass ein Angehöriger der GSSD in die Gartenlaube, den Bungalow, die Wohnung oder das Haus eingebrochen war, wurde bei der Kriminalpolizei ein Fährtenhund angefordert. Lief er nun zum Tor des Objekts der GSSD, war das Verbrechen aufgeklärt, das heißt ein imaginärer Täter festgestellt – jedenfalls bei der Diensthabenden Gruppe der Kriminalpolizei in Berlin.

Verletzungen der DDR-Straßenverkehrsordnung waren ein großes Problem, da sie oftmals, bedingt durch die Spezifik der Militärtechnik, zu schweren Unfällen führten. 1989 wurden DDR-weit 108 schwere Verkehrsunfälle von GSSD-Angehörigen verübt. Die Unfallursachen begründeten sich zum größten Teil auf Fahren unter Einfluss von Alkohol, technische Mängel an den Fahrzeugen sowie die ungenügende Beherrschung der schweren Technik, insbesondere von Kettenfahrzeugen.

Ein weiteres Phänomen, das die Schutz- und Sicherheitsorgane der DDR ebenfalls regelmäßig beschäftigte, waren Fahnenfluchten von Angehörigen der GSSD, oftmals unter Mitführung von Waffen. Die Fluchtursachen lagen insbesondere in der häufig harten bis schikanösen Behandlung der Soldaten sowie ihrer schlechten Versorgung. Viele Soldaten sahen in der unerlaubten Entfernung von der Truppe beziehungsweise der Fahnenflucht den einzigen Ausweg, sich dem Kasernenalltag zu entziehen.

Der Tatbestand des unerlaubten Entfernens von der Truppe wurde seitens der GSSD unterschiedlich bestraft. Hatte sich der Soldat länger als einen Tag, aber höchstens drei Tage mutwillig von der Truppe entfernt, so wurde er mit bis zu zwei Jahren Dienst in einem Strafbataillon belegt. Blieb der flüchtige Soldat bis zu einem Monat der Truppe fern, so wurde er wegen eigenmächtigen Verlassens mit einem bis fünf Jahren Freiheitsentzug bestraft. Kehrte der Soldat auch nach einem Monat nicht zurück, musste er mit einer Freiheitsstrafe von drei bis sieben Jahren rechnen.

Ausschlaggebend für eine Fahnenflucht war die Absicht, die Truppe auf Dauer zu verlassen. Wurde ein Grundwehrdienstleistender dabei ergriffen, erhielt er eine Freiheitsstrafe zwischen drei und sieben Jahren, bei Offizieren lag die Strafe zwischen fünf und sieben Jahren. Erfolgte ein Fluchtversuch in Richtung der Grenze zur BRD, handelte es sich nicht mehr nur um eine Fahnenflucht, sondern gemäß Artikel 64 des Strafgesetzbuches der Russischen Sozialistischen Föderativen Sowjetrepublik (RSFSR) um Hochverrat, der mit einer Freiheitsstrafe zwischen zehn und fünfzehn Jahren sowie in besonders schweren Fällen mit der Todesstrafe geahndet werden konnte.

Wie einer Zeitungsmeldung vom Februar 1991 zu entnehmen war, sind in der Sowjetunion zwischen 1962 und 1989 24 422 Menschen zum Tode verurteilt worden. Diese Angaben machte der stellvertretende Justizminister Wladimir Gubarew vor der Auflösung der UdSSR im Dezember 1991 in der Zeitung *Komso-*

*molskaja Prawda.* »Dabei sei die Todesstrafe jedoch nur in sechs Prozent der Fälle verhängt worden, in denen dieses Strafmaß hätte angewandt werden können. Von den zur Höchststrafe Verurteilten seien insgesamt rund 2300 Personen begnadigt beziehungsweise deren Strafe in Freiheitsentzug umgewandelt worden.«

Angesichts der Lebensbedingungen waren viele Soldaten zum Äußersten entschlossen und setzten ihre Flucht aufgrund der drohenden harten Strafen mithilfe von Schusswaffen durch. Bürger der DDR wurden dabei aus nichtigen Anlässen getötet, beispielsweise wenn sie Flüchtige zufällig entdeckten oder sie beim Diebstahl von Lebensmitteln oder Zivilkleidung überraschten. Für die Sowjetsoldaten, die in Richtung Westen unterwegs waren, gab es praktisch nur zwei Möglichkeiten: Entweder sie schafften es über die Grenze oder sie starben. Es mag zynisch klingen, aber für den Fall, dass sie nicht in den Westen gelangten, war die günstigere Variante, auf der Flucht erschossen zu werden. Wurden sie gestellt, so erwartete sie meist die Hinrichtung - nicht immer auf der rechtlichen Grundlage eines Todesurteils.

Volkspolizei und Staatssicherheit waren zunehmend an Eil- und Großfahndungen nach flüchtigen Sowjetsoldaten beteiligt. Waren es im Jahr 1967 insgesamt 19 Fahndungen, stieg die Anzahl kontinuierlich an, so dass 1987 mit einer Gesamtzahl von 446 der Höhepunkt erreicht wurde.

Vorsätzliche Tötungsdelikte stellten in der Gesamtbetrachtung der GSSD-Straftaten einen geringen Anteil dar. So registrierte die Militär-Oberstaatsanwaltschaft der DDR von 1976 bis 1988 jährlich durchschnittlich vier vorsätzliche Tötungsdelikte an Bürgern der DDR. Die Täter zu ermitteln war oft schwierig, weil die Verbrecher in die GSSD-Objekte flüchten konnten. Diese waren exterritoriale Gebiete, auf die die DDR-Behörden keinen Zugriff hatten. Die Untersuchungen endeten oft am Kasernentor.

1988 beauftragte das Politbüro des Zentralkomitees der SED das Ministerium für Nationale Verteidigung der DDR damit, die Umsetzung des Stationierungsabkommens und der Nachfolgedokumente zu analysieren. Es wurde über schwerwiegende Probleme in der Zusammenarbeit deutscher und sowjetischer Dienststellen berichtet: »In der Praxis wird … nicht konsequent nach den bestehenden vertraglichen Regelungen gehandelt, so dass die ordnungsgemäße Untersuchung und Aufklärung von straftatverdächtigen Handlungen teilweise erschwert, in Einzelfällen unmöglich ist.

Ursachen dafür sind unter anderem:

- Sowjetische Militärstaatsanwälte und Ermittlungsorgane (Kommandeur oder Ermittlungsoffizier) ermitteln unabhängig und parallel zu den Untersuchungsorganen der DDR,
- in nicht wenigen Fällen, besonders bei Verkehrsstraftaten, werden die Beweismittel, Gutachten, ärztliche Bescheinigungen und Schuldfeststellungen der DDR-Organe nicht anerkannt, fast regelmäßig werden Zweitgutachten von zentralen, wissenschaftlichen Einrichtungen der UdSSR eingeholt,

- teilweise überschreiten Kommandeure oder Politorgane ihre Kompetenzen, greifen in laufende Verfahren ein und versuchen, auf Ermittlungen oder Geschädigte Einfluss zu nehmen,
- in einer unverhältnismäßig hohen Zahl von übergebenen Verfahren weichen die mitgeteilten Entscheidungen von den Sachverhalts- und Rechtsauffassungen der Militärstaatsanwälte der DDR ab.« (Geheime Verschlusssache A 426 034, zitiert nach Volker Koop)

Weil kaum im Kasernengelände der GSSD ermittelt oder gar verhaftet werden konnte, erfolgten Festnahmen nur, wenn sich die Täter noch im Zuständigkeitsbereich der DDR-Organe, also außerhalb der exterritorialen Gebiete der sowjetischen Armee befanden. Im Jahr 1987 waren es nur zehn Haftbefehle, die Militärgerichte der DDR erwirkten.

Wir haben, wie bei unseren anderen Publikationen, auf der Basis der originalen Akten die realen Tathergänge rekonstruiert, die Ermittlungsansätze analysiert und die Aufklärung der Verbrechen minutiös verfolgt – soweit das in diesen Fällen möglich war.

Die Namen der Täter, Opfer und Zeugen sowie einiger Handlungsorte haben wir aus personenrechtlichen Gründen verändert. Der Verlag und die Autoren erklären, dass Personen mit diesen neu erfundenen Namen in den drei behandelten Kriminalfällen niemals existiert oder agiert haben. Etwaige Übereinstimmungen sind rein zufällig. Eine Ausnahme bildet der Fall »Brudermord«. Da die Namen der Opfer und des Täters bereits in verschiedenen Publikationen, auch in einer Monografie, veröffentlicht wurden, nennen auch wir sie. Zudem hat in der beschaulichen Provinz - und das ist positiv gemeint - ohnehin jegliche Anonymisierung Grenzen. Anders als in der Großstadt kennt hier jeder jeden.

Längere Zitate aus den Originaldokumenten, zum Beispiel aus Gutachten und Vernehmungsprotokollen, sind wie die dazugehörige Dokumentenquelle *kursiv* gesetzt. Dadurch ist im Sinne einer besseren Lesbarkeit auf den ersten Blick sichtbar, welche Details und Aussagen zitiert wurden. Die Abbildungen haben wir mehrheitlich den Akten der BStU entnommen. Bei der Nutzung anderer Quellen weisen wir bei den jeweiligen Bildern darauf hin.

Wir danken allen sehr herzlich, die unser Projekt unterstützt haben, vor allem Frau Christel Brandt von der BStU für die Bereitstellung der Akten, der Juristin Frau Julie Sokol aus der Russischen Föderation für die Unterstützung hinsichtlich der damaligen strafrechtlichen und strafprozessualen Regelungen der RSFSR, die für die Angehörigen der GSSD galten, und Herrn Diplomkriminalist Harald Bröer, dass er in seinem Archiv für uns die obengenannte Musterakte der Hauptabteilung Kriminalpolizei im Ministerium des Innern der DDR und einen Artikel aus dem *Forum der Kriminalistik* entdeckt hat.

Der Schriftsteller Norbert Scheuer, der sich in seinen Arbeiten vor allem mit seiner Heimatlandschaft, der Eifel, und ihren Menschen beschäftigt, meinte jüngst in seinem Roman *Am Grund des Universums*: »Vielleicht kann man sagen, dass unser Leben auch nur ein Reigen aus unendlich vielen vergessenen Geschichten ist.« Wir sind wie Norbert Scheuer am Grund des Universums Provinz, in Kleinstädten und Dörfern der DDR unterwegs. Wir widmen dieses Buch den Opfern und ihren Familienangehörigen und haben den Wunsch, dass diese blutigen Taten und die Umstände ihrer versuchten, geglückten oder verhinderten Aufklärung niemals zu den vergessenen Geschichten gehören.

Remo Kroll und Frank-Rainer Schurich

## Mord auf der Flucht

Seehausen 1972

Der Kriminalfall, über den wir nun berichten, ereignete sich vor über 45 Jahren in Seehausen, heute Ortsteil der Gemeinde Niedergörsdorf, zwischen Jüterbog und Lutherstadt Wittenberg. Das muss unbedingt vorangestellt werden, denn in der weiteren Umgebung von diesem brandenburgischen Seehausen im Fläming gibt es noch Seehausen im Kreis Leipzig-Land, Seehausen in der Altmark, Seehausen im Kreis Prenzlau, Seehausen in der Börde und Seehausen zum Kreis Artern gehörig. Wenn wir jetzt gemeinsam einen Tatort aufsuchen, müssen doch die Gedanken an die richtige Stelle im Land schweifen.

Unser Seehausen hat heute rund 280 Einwohner und liegt im Süden des Landkreises Teltow-Fläming in Brandenburg. Es ist ein Angerdorf, das 1385 erstmals erwähnt wurde, und besitzt eine spätromanische Feldsteinkirche aus der ersten Hälfte des 13. Jahrhunderts, die unter Denkmalschutz steht. Zur Zeit der Reformation wurde das Dorf vielleicht sogar geschichtsträchtig: Es kann sein, dass Thomas Müntzer, der in Jüterbog predigte, und der Ablasshändler Johann Tetzel aus Wittenberg kommend durch das Dorf gezogen sind – so wie in der DDR stationierte sowjetische Soldaten. Denn die Westgrenze der Warschauer Vertragsstaaten und damit die Grenze der DDR zur BRD waren nicht sehr weit von Seehausen entfernt. Diese Grenze musste mit aller Macht verteidigt werden, weswegen die Nationale Volksarmee (NVA) und vor allem die Truppen der GSSD hier stationiert waren. Zwar flüchteten die meisten in Richtung Heimat, doch war für einige wenige Angehörige der sowjetischen Armee der Westen, der ihnen nun vor der Haustür lag, ein lohnendes Ziel, das sie oft mit Waffengewalt zu erreichen versuchten.

»Ich kann mir kaum einen abscheulicheren Fall vorstellen«, bemerkte Dr. Watson in der berühmten Erzählung *Das Rätsel von Boscombe Valley* zu Sherlock Holmes. »Wenn je die Umstände auf einen Verbrecher deuteten, dann hier.«

Der Meisterdetektiv war aber skeptisch: »Ein aus den Umständen abgeleiteter Beweis ist eine äußerst vertrackte Angelegenheit. Er mag direkt auf nur eine Möglichkeit hinweisen, aber wenn Sie den Blickwinkel ein bisschen verändern, können Sie erleben, dass er genauso eindeutig auf etwas ganz anderes zeigt.« Wir werden versuchen, an verschiedenen Stellen den Blickwinkel zu verändern.

Wir sind also am Montag, 17. April 1972 in Seehausen im Fläming, und die Welt war hier relativ heil. In der Dorfstraße wohnte Anna Ballmann. Sie war gerade 70 Jahre geworden. Ihr Haus war für zwei Familien erbaut worden; sie bewohnte es mit ihrer Tochter Elfriede, ihrem Schwiegersohn Horst Gutzeit und ihrem Enkelsohn Bernd. Ihr Mann war vor Jahren verstorben. Frau und Herr Gutzeit waren tagsüber nicht zu Hause, denn sie arbeiteten. Und Bernd ging zur Schule. Anna Ballmann hatte außerdem regelmäßig Kontakt zur 20-jährigen Roselinde Grosse, die ein Kind erwartete und ebenfalls in der Dorfstraße wohnte. Roselinde Grosse erledigte oft Einkäufe für die ältere Dame; dafür lieh Anna Ballmann der jungen Frau ihr Fahrrad, da sie kein eigenes besaß. Zum Dank für ihre Hilfe lud Frau Ballmann sie zu Kaffee und Kuchen zu sich ein – so auch an jenem 17. April 1972, als Roselinde gegen 9 Uhr bei Anna Ballmann den Einkauf aus der Kaufhalle ablieferte …

Bernd Gutzeit, zwölf Jahre alt und Schüler der sechsten Klasse, war an diesem Tag in der Schule in Blönsdorf. Der Unterricht hatte, wie fast immer, um acht Uhr begonnen, und er endete um halb zwei. Sein Freund Karlheinz Schneider nahm ihn auf seinem Fahrrad von der Schule mit nach Seehausen. Es war ein kurzer Weg, ungefähr zwei Kilometer, die er auch hätte laufen können. Zuerst suchten sie Bernds Fahrrad auf, das er bei der Familie Wassermann untergestellt hatte, weil ein Reifen keine Luft mehr hatte. Aber das Aufpumpen war nicht erfolgreich; der Schlauch war defekt. Deshalb ging Bernd, das Fahrrad schiebend, zu seinem Wohnhaus in die Seehausener Dorfstraße.

Um 14.05 Uhr traf er dort ein, ging durch die Hoftür auf das Grundstück und stellte sein Fahrrad in den Schuppen. Wie gewohnt wollte er durch die Waschküche ins Haus gehen, aber er musste feststellen, dass die Tür verschlossen war. »Nanu?«, murmelte er. »Was ist denn hier los?« Die Waschküchentür stand immer offen, wenn Oma zu Hause war, und sie hatte nicht gesagt, dass sie um diese Uhrzeit was zu erledigen hatte. Komisch, dachte der Junge.

Eingang zur verschlossenen Waschküche (Anlagekarte der Abteilung K, Dezernat KT der BDVP Potsdam)

Aber Bernd wusste natürlich, wie er sich Einlass verschaffen konnte. Er ging auf die von außen zugängliche Toilette und sah nach, ob sich der Schlüssel dort in seinem Versteck befand. Es war ein ungeschriebenes Familiengesetz, dass der Schlüssel dort immer lag, wenn der Junge aus der Schule kam und niemand zu Hause war.

Doch der Schlüssel befand sich nicht am angestammten Ort. Was tun? Der Junge sah durch das geschlossene Küchenfenster; der Abwasch stand immer noch auf dem Tisch – ungewöhnlich, denn Oma räumte das Geschirr immer gleich ab. Er schaffte es nicht, das Fenster zu öffnen.

Reichlich verwirrt lief Bernd durch die Hoftür und ging von vorn durch den Vorgarten zum Schlafzimmerfenster der Eltern. Er selbst schlief immer bei der Oma im Zimmer. Er versuchte, die Fenster aufzudrücken, was ihm schließlich gelang. Er drückte stark gegen einen Widerstand, und auf der anderen Seite fiel ein Blumentopf hinunter.

Zufällig kam die Nachbarin Heike Münsterland vorbei. Bernd bat sie um Hilfe, denn allein bekam er die Rollläden von außen nicht hochgeschoben. Als die Öffnung groß genug war, kroch er hinein und zog jetzt von innen ordnungsgemäß die Rollläden hoch.

Der Blumentopf war heil geblieben; der Junge stellte ihn wieder in den Übertopf und unterhielt sich mit Heike. Dabei sah er jetzt Burghard Brenner mit seinem Motorrad, der auf dem Nachbargrundstück wohnte, und kroch wieder aus dem Fenster hinaus ins Freie, ohne in den anderen Zimmern nachzusehen, was wohl passiert sein könnte.

Burghard Brenner, obwohl vier Jahre älter, war sein Freund. Bernd bewunderte ihn, weil er schon ein Motorrad fuhr. Das wollte der Junge unbedingt auch, wenn er das Alter dafür hatte. So unbeweglich und nur mit dem Fahrrad unterwegs, das ging als Jugendlicher nicht mehr; da wollte er dann ganz andere Touren machen und nicht immer in diesem Dorf festsitzen.

Burghard erriet den Wunsch des kleinen Bernd.

»Mensch Bernd«, sagte er, »wollen wir eine Runde drehen?«

Bernd sagte sofort zu und ließ Heike am Fenster stehen. Sie fuhren in wilder Fahrt ungefähr eine Viertelstunde nach Blönsdorf immer an den Bahnschienen entlang, dass die etwas längeren Haare der Jungen im Fahrtwind herumwirbelten. Erst als sie wieder an Bernds Haus angelangt waren, erzählte er Burghard, dass keiner zu Hause sei und er nicht wisse, wo sich die Oma aufhalte. »Das ist ja komisch«, meinte Burghard. »Ich schau mal mit nach.«

Sie gingen gemeinsam zum Küchenfenster, aber auch Burghard konnte es nicht öffnen. Nach mehreren Versuchen stiegen die beiden durch das zuvor geöffnete Fenster in das Elternschlafzimmer ein, Bernd vorneweg und Burghard hinterher.

O Schreck, im Zimmer sahen sie Stiefel, verstreut lagen dort noch ein Mantel, ein merkwürdiger Lappen und eine Fellmütze herum. Sie erkannten sofort: ein russischer Uniformmantel! Auf dem Teppich lagen zudem kleine Strohstücke herum.

Nun bekamen die kleinen Helden große Angst, denn für sie war die Angelegenheit ziemlich klar. Ein Russe war da, und das war unheimlich. Deshalb verließen sie schnell das Haus und fuhren mit dem Motorrad zu Eckard Grossmann, den beide gut kannten und der ungefähr 150 Meter entfernt wohnte. Er kaufte ihnen aber die Geschichte nicht ab. »Ein Russe in eurem Haus? Vergiss es, das ist doch Quatsch. Wer hat sich denn das wieder ausgedacht, ihr Banausen?«

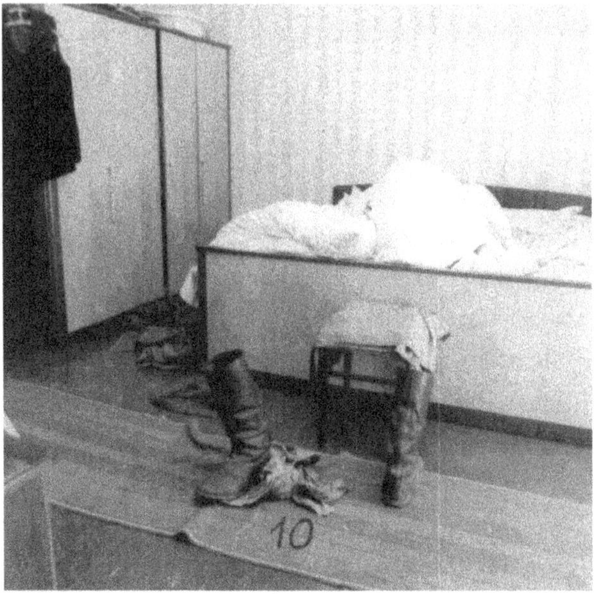


Schlafzimmer der Familie Gutzeit. Ziff. 10 kennzeichnet die vor den Betten abgestellten Stiefel mit Fußlappen. Hinter dem Schaft vom linken Stiefel eine Pelzmütze sowjetischer Herkunft (Anlagekarte der Abteilung K, Dezernat KT der BDVP Potsdam)

Gedemütigt verließen sie die Grossmann'sche Wohnung und fuhren zu Bernds Haus zurück. Bernd fand einen starken Knüppel auf dem Grundstück, und Burghard holte sich aus dem Schuppen eine Axt. Mittlerweile hatten sich zufällig Achim und Jens Meyerhöfer am Ort des Geschehens eingefunden, so dass sie in der Reihenfolge Achim, Burghard, Bernd und Jens ins Haus kletterten.

Bernd schloss die Kleiderschranktür, die offen stand. Auf dem Nachtschrank lag ein Küchenmesser, das

Bernd Achim in die Hand drückte. Bis auf Jens waren nun alle bewaffnet.

Achim, wohl der Mutigste von allen, ging voran durch Omas Schlafzimmer in die Küche. Von der Küche aus machte Achim die Tür zum Flur auf. Bernd erblickte sofort Omas Schürze auf dem Fußboden, und dann sahen sie die Oma regungslos auf dem Boden liegen. Nach einigen Schocksekunden konnte man auf allen Gesichtern eine furchtbare Angst ablesen.

»Raus hier!«, schrie Achim, der Mutigste. »Raus hier! Das ist ja unheimlich.«

Sie rannten in die Waschküche, bekamen aber das Fenster, das direkt zum Hof führte, nicht auf. So liefen sie in die Küche zurück, machten dort das Fenster auf und sprangen in Todesangst auf den Hof. Denn der Russe konnte ihnen ja in diesem Moment auf den Fersen sein!

Achim griff sich kurzentschlossen das Fahrrad der Oma, das Roselinde Grosse vor dem Haus abgestellt hatte, und fuhr zum stellvertretenden Bürgermeister. Weit kam er jedoch nicht, denn Hans-Joachim Müller, die Staatsmacht, kam ihm schon wie durch ein Wunder entgegen. Der stellvertretende Bürgermeister traf so umgehend am Ort des Geschehens ein, und weil er nicht mehr so behände war wie die jungen Kerle, stellten sie ihm eilig eine Wanne vor das Küchenfenster, durch das er nun etwas ungelenk einstieg.

Als er nach kurzer Zeit wieder nach draußen kam, atmete er schwer. Kraft seines Amtes sagte er: »Nicht mehr das Haus betreten, nichts mehr anfassen, am besten auch den Hof verlassen. Ich verständige sofort die Polizei.«

Achim und Jens entfernten sich vom Grundstück, hielten sich aber, von Neugierde getrieben, weiterhin in der näheren Umgebung auf. Burghard fuhr mit seinem Motorrad zu seiner Mutter in die Gärtnerei nach Blönsdorf, um sie über das unerhörte Geschehen zu informieren.

Aber was machte Bernd?

Bernd Gutzeit war als Auffindezeuge einen Tag später von der Morduntersuchungskommission Potsdam (MUK) durch Hauptmann der K Fuß und Kriminalobermeister Heinicke in Seehausen umfassend befragt worden. Danach waren aber plötzlich zwei Patronenhülsen bei dem Jungen aufgetaucht, so dass Leutnant der K Nieth am 19. April 1972 Bernd im Beisein seiner Mutter Elfriede in Seehausen erneut befragte. Es waren die Fragen zu klären, wann und wo er die Hülsen gefunden und warum er den Fund verschwiegen hatte. Nicht am 17. April, sondern erst einen Tag später nach der Schule, so gegen 14.30 Uhr, gab Bernd an. Zwischen der Küche und der Schlafstube seiner Oma befand sich ein kleiner Korridor, ein Teil davon war durch einen Vorhang abgetrennt, hinter dem sich eine Nähmaschine befand. Darauf lagen mehrere Kleidungsstücke, auch die braune Manchesterhose von Bernd, die er aber nicht anziehen wollte. Er suchte einen bestimmten Pullover, der unter der Hose lag. Bernd zog den Vorhang etwas zur Seite und den Pullover hervor, wobei ein Hosenbein etwas nach vorn rutschte. In einer Falte des herunterhängenden Hosenbeins fand er eine Hülse, die er sofort seinem Vater gab. Bernd ging nochmals zur Hose, nahm sie und schüttelte sie etwas. Dabei fiel die zweite Hülse auf den Fußboden. Sie hatte sich nicht in der Hosentasche befunden, sondern musste, so die Erklärung des Jungen, in einer Falte der Hose gelegen haben. Der Junge nahm sie nicht in die Hand. Er wusste aus Kriminalfilmen, wie eine solche Hülse gesichert werden konnte. Er holte sich einen roten Bleistift, den er in die Hülsenöffnung steckte. So gab Bernd sie seinem Vater.

Dann schwor der Junge, dass er die Hülsen wirklich nicht am 17. April 1972 gefunden hatte, als sie zu viert den grausigen Fund gemacht hatten.

Nahaufnahme von der Fundstelle einer Patronenhülse in der Stofffalte der Cordhose laut Zeugenaussage (Anlagekarte zum Auffinden der Patronenhülsen in der Wohnung der Geschädigten Anna Ballmann)

Natürlich wurde auch Burghard Brenner, Jahrgang 1955 und Schüler der 10. Klasse, als Zeuge vernommen. Er wohnte ebenfalls in der Seehausener Dorfstraße. Er konnte ergänzen, dass im Schlafzimmer der Eltern zwischen Bett und Kommode eine komplette Uniform gelegen hatte, vermutlich von einem sowjetischen Soldaten. Mantel, Pelzmütze, Koppel, Stiefel, Stiefelhose. Auf der Frisierkommode lag ein Päckchen ausländischer Zigaretten. Eine blaue Schachtel, an die Marke konnte sich Burghard nicht mehr erinnern. Auch die Schranktür stand offen, die Fächer waren durchwühlt. Ein Fach der Frisierkommode stand ebenfalls offen. Neben den Stiefeln befanden sich Strohreste. Die Jungs hielten sich ungefähr drei Minuten dort auf.

Bernd und Burghard gingen anschließend zu Eckard Grossmann, der die Geschichte nicht glaubte. So gingen sie unverrichteter Dinge wieder nach Hause. Da ihnen das, was sie im Schlafzimmer gesehen hatten, nicht geheuer vorkam, wollten sie noch einmal nachsehen. Bewaffnet mit Beil und Knüppel starteten sie einen zweiten Versuch. Nun erzählte Burghard, dass Achim, der eigentlich Hans-Joachim hieß, und Jens Meyerhöfer nicht zufällig vorbeikamen, sondern ihre Schwester Roselinde Grosse suchten, die seit den Vormittagsstunden vermisst wurde. Das Fahrrad, mit dem sie unterwegs gewesen war, fanden sie auf dem Grundstück der Gutzeits – wo es hingehörte.

Auf dem Flur bot sich ihnen ein grausames Bild. In der Vernehmung sagte Burghard wörtlich: »Es sah so aus, als ob ein Berg Kleidungsstücke an die Erde geworfen worden wäre – es handelte sich hierbei um Mäntel und Jacken. Unter diesen Kleidungsstücken sah man eine Hand hervorragen. Weiterhin sah man den Teil einer Schürze, die der Bernd Gutzeit sofort als die seiner Großmutter erkannte. Auch der Hans-Joachim Meyerhöfer erkannte an der Hand, die unter den Kleidungsstücken hervorsah, die seiner Schwester.«

Nachdem sich der stellvertretende Bürgermeister den Tatort angesehen hatte, fuhr Burghard, wie Bernd schon berichtet hatte, mit seinem Motorrad zu seiner Mutter in die Gärtnerei nach Blönsdorf.

Die Vernehmung von Hans-Joachim Meyerhöfer (Achim), Jahrgang 1956, vom 17. April 1972, Beginn um 23 Uhr, Ende um 00.30 Uhr, brachte weitere Details ans Tageslicht.

Achim war seit dem 16. April 1972 krankgeschrieben, so dass er am folgenden Tag nicht seinen Ausbildungsbetrieb, die Deutsche Reichsbahn Jüterbog, aufsuchen musste. Er war um 7.30 Uhr aufgestanden, hatte gefrühstückt und das Schwein gefüttert. Seine Schwester Roselinde ging gegen 8.30 Uhr aus dem Haus. Sie wollte zum Konsum Seehausen gehen und etwas einkaufen und anschließend mit dem Fahrrad nach Blönsdorf, um sich Sachen für die Hochzeit zu bestellen. »Du musst aber um zehn wieder da sein«, bat der Bruder. »Ich habe noch einen Arzttermin.«

»Geht in Ordnung!«, rief Roselinde beim Hinausgehen.

Gegen 9.15 Uhr stand Achims Vater auf, der dienstfrei

hatte. Er schickte Achim zur Mutter in die ganz nahe gelegene »Schrankenbude«, wie das Bahnwärterhaus im Protokoll genannt wird, um zu fragen, was der fünfjährige Bruder anziehen solle. Als er bei seiner Mutter ankam, machte sie ihn darauf aufmerksam, dass in Richtung Blockstelle in ungefähr 600 Metern Entfernung eine verdächtige unbekannte Person herumschlich. Achim sah dorthin und erkannte tatsächlich eine unbekannte Person rechts der Gleise auf dem Acker. Kurz darauf bückte sich diese, ging in dieser Stellung über die Gleise und versteckte sich auf der anderen Seite des Bahnkörpers hinter einer Hecke. Achim konnte diesen Menschen nicht richtig beschreiben, nur seine dunkle Bekleidung war ihm aufgefallen.

Achim eilte zur Wohnung zurück, um sich richtig anzuziehen, denn er wollte nun diese Person aufspüren. Als er die Wohnung verließ, sah er in Höhe des Vorsignals den Signalwärter aus Wittenberg, der ihm namentlich nicht bekannt war, auf die »Schrankenbude« zukommen. Zum selben Zeitpunkt sah er wieder diesen Unbekannten, der sein Versteck hinter der Hecke aufgab und über die Schienen zurücklief. Er ging quer über das Feld in Richtung Betonstraße. Achim lief zur »Schrankenbude«, und seine Mutter sprach gerade kurz mit dem Signalwärter, aber der hatte keine verdächtige Person bemerkt, so dass Achim wieder nach Hause ging.

Dann ging er noch einmal zu seiner Mutter zur »Schrankenbude«, weil die Schwester immer noch nicht nach Hause gekommen war. Sie beauftragte ihn, die Schwester zu suchen. Auf dem Grundstück der Anna Ballmann und der Gutzeits fand Achim das von seiner Schwester gefahrene Rad, aber von ihr fehlte jede Spur. Das Haus war vorn und hinten verschlossen. Er klingelte dreimal, aber niemand öffnete die Tür. Achim ging daraufhin zur Nachbarsfamilie Schneider. Rosemarie Schneider bestätigte, dass Roselinde ungefähr um 9 Uhr bei ihr gewesen war. Seine neuen Erkenntnisse teilte der Junge seiner Mutter mit, die noch immer ihren Dienst an der Schranke versah. Sie schickte ihn jetzt mit seinem Bruder Jens nach Mark Friedersdorf zu Bekannten; die beiden sollten feststellen, ob sich Roselinde dort aufhielt. Sie machten sich also auf den Weg und kamen wieder am Haus von Anna Ballmann vorbei. Im Vorgarten des Grundstücks vor dem Schlafzimmerfenster standen Burghard und Bernd, die den Brüdern mitteilten, dass Russen im Haus gewesen sein mussten – oder noch sind.

Das Weitere ist aus Bernds Schilderung bereits bekannt. Sie fanden im Flur die beiden Toten. »An der einen Hand, die unter den Kleidungsstücken hervorragte, erkannte ich meine Schwester«, heißt es im Protokoll der Vernehmung von Hans-Joachim Meyerhöfer.

Jens, 15 Jahre alt, Schüler der Oberschule in Blönsdorf, wurde am 18. April 1972, wie es im Fachchinesisch heißt, »zum anliegenden Sachverhalt informatorisch befragt«. Da er die gleichen Angaben wie Bernd, Burghard und sein Bruder Achim machte, wurde von der Durchführung einer Zeugenvernehmung abgesehen.

Wir wissen also ziemlich genau, wie sich das Auffinden der beiden Opfer gestaltete. Aber die ganze Wahrheit war noch nicht ans Tageslicht gekommen, wie die Vernehmung des Rentners Hermann Meister aus Seehausen, Bahnhofstraße, geboren 1899, bewies. Er teilte mit, dass er am 17. April 1972 gegen 13.40 Uhr mit dem Fahrrad zum Bahnwärterhaus der Frau Meyerhöfer gefahren war, um eine Vorladung zu überbringen. Sie erzählte ihm, dass ihre Tochter Roselinde verschwunden sei. Wieder zu Hause in der Bahnhofstraße angekommen, bat er seine Tochter, im Konsum anzurufen und zu fragen, ob Roselinde auch wirklich in den Morgenstunden dort eingekauft habe. Das wurde seiner Tochter bestätigt. Hermann Meister fuhr daraufhin zum Bahnwärterhaus und teilte der besorgten Mutter mit, dass ihre Tochter tatsächlich einkaufen gewesen sei. Er fuhr zurück ins Dorf, und kurz vor dem Grundstück von Anna Ballmann und den Gutzeits kamen ihm die Jungen entgegen und teilten ihm in großer Aufregung mit, dass sie im Haus zwei Leichen gefunden hätten. Erst dachte er, die Jungen trieben einen Scherz mit ihm. Sie beharrten jedoch hartnäckig auf ihrer Behauptung, so dass Hermann Meister beschloss, das Tathaus selbst in Augenschein zu nehmen. Und er sah das, was die Jungen auch gesehen hatten.

Schnell fuhr er zur Bürgermeisterei, die damals Rat der Gemeinde hieß, und veranlasste dort die Verständigung der Volkspolizei (VP). Der stellvertretende Bürgermeister machte sich auf den Weg zum Haus von Anna Ballmann.

Interessant für die weiteren kriminalistischen Ermittlungen war, dass keiner der Jungen Hermann Meister in den Befragungen und Vernehmungen erwähnt hatte. Und dass eine weitere Person den weiten und engen Tatortbereich betreten und somit neue Spuren verursacht hatte. Vielleicht schämten sich die jungen Männer dafür, dass sie nicht selbst die Polizei oder die Bürgermeisterin informiert hatten …

Übersichtsaufnahme vom Hausflur nach Öffnen der Tür. Ziff. 4 kennzeichnet Blut- und Schleifspuren auf der Türschwelle, Ziff. 5 verweist auf eine Blutlache. Links die beiden Leichen – mit Kleidungsstücken abgedeckt (Anlagekarte der Abteilung K, Dezernat KT der BDVP Potsdam)

Horst Gutzeit, der Schwiegersohn von Anna Ballmann, Jahrgang 1932, Lagerarbeiter, hatte an diesem 17. April 1972 am Bahnhof Niedergörsdorf Arbeiten durchgeführt. Gegen 15.15 Uhr rief ihn die Handelsleiterin Fräulein Schmettau von der BHG Blönsdorf an. Sie sagte mit aufgeregter Stimme, dass er sofort nach Hause fahren solle, es sei etwas Schlimmes passiert.

»Was denn? Was denn?«, schrie Horst Gutzeit ins Telefon, denn die Verbindung war schlecht und er war sehr beunruhigt.

»Das weiß ich nicht«, meinte Fräulein Schmettau nun ruhig.

Er fuhr mit einem Lkw zum Haus in der Dorfstraße. Kurz vor ihm war die Volkspolizei eingetroffen, und er erfuhr, dass in der Wohnung seine Schwiegermutter und wahrscheinlich Roselinde Grosse tot auf dem Flur lagen. Horst Gutzeit musste sich draußen auf einer Bank hinsetzen. Ja, es war wirklich etwas Schlimmes passiert …

Nachdem er seine Fassung wieder einigermaßen zurückgewonnen hatte, gestatteten ihm die Kriminalisten, auf einem vorgeschriebenen Weg das Haus zu betreten. Er sollte feststellen, ob irgendwelche Gegenstände aus der Wohnung fehlten. Am 18. April 1972 in den frühen Morgenstunden gab er zu Protokoll, dass folgende Kleidungsstücke fehlten: ein neuer moderner grauer Hut mit hochgewölbter Krempe, ein nagelneues weißes Dederonhemd, ein anthrazitfarbener kragenloser Anorak, der an den Ärmeln und am Bund gestrickt war. Zum Anorak gehörte ein Gürtel mit zwei Schnallen. Es fehlte außerdem eine dunkelgraublaue Hose. Von seinem verstorbenen Schwiegervater schienen ein dunkelblauer Eisenbahnermantel zu fehlen und ein Paar Halbschuhe, aber das wusste er nicht genau. Weiterhin vermisste er eine große braune Reisetasche mit zwei Griffen.

Auch Lebensmittel waren weggekommen: sieben Bratwürste aus selbst geschlachtetem Fleisch waren nicht mehr an ihrem Ort. Bargeld fehlte seiner Familie nicht, aber über die Geldangelegenheiten seiner Schwiegermutter wusste er nicht Bescheid und konnte demzufolge auch nicht sagen, ob ihr Geld entwendet worden war. Für die Ermittler deutete alles darauf hin, dass hier ein Raubmord verübt worden war.

Schlafzimmer der Familie Gutzeit. Ziff. 10 markiert die zwischen Bett und Kleiderschrank abgelegte Uniform eines sowjetischen Soldaten. Aus dem Kleiderschrank fehlen eine lange Herrenhose, ein Anorak, ein weißes Herrenhemd, ein grauer Herrenhut und eine braune Reisetasche mit Reißverschluss. (Anlagekarte der Abteilung K, Dezernat KT der BDVP Potsdam)

Die Vernehmungen und Befragungen nahmen kein Ende. Die Mutter von Hans-Joachim und Jens, Maria Meyerhöfer, Jahrgang 1929, von Beruf Schrankenwärterin, angestellt bei der Deutschen Reichsbahn in Blönsdorf, wurde am 18. April 1972 in den frühen Morgenstunden von Kriminalobermeister Heinicke zu ihren Wahrnehmungen befragt. Sie bestätigte sämtliche Aussagen ihre Sohnes Hans-Joachim. Auch sie konnte keine Personenbeschreibung von dieser verdächtigen Person geben, die sie und ihr Sohn gegen 12.05 Uhr gesehen hatten.

Die Vernehmung der Konsum-Verkaufsstellenleiterin Ingeborg Palischke noch am 17. April 1972 in der Zeit von 22 Uhr bis 22.40 Uhr klärte die Kriminalisten darüber auf, dass Roselinde Grosse schwanger war und bei ihren Eltern wohnte, die aber einen anderen Familiennamen besaßen. Ingeborg Palischke hatte gegen 18 Uhr von einer Kundin gehört, dass diese am Vormittag des 17. April 1972 gegen 10 Uhr »einen kleinen Russen« gesehen habe, und zwar an der Laube eines Grundstücks. Er habe sich so benommen, als ob er sich verstecken wollte.

Rosemarie Schneider, die Achim bestätigt hatte, dass Roselinde Grosse an diesem tragischen Tag gegen 9 Uhr bei ihr gewesen war, wurde am selben Tag in der Zeit von 23.15 Uhr bis 0.15 Uhr als Zeugin vernommen. Hauptmann der K Röpke konnte neben den schon bekannten Tatsachen in Erfahrung bringen, dass sich die beiden Frauen seit längerer Zeit kannten und besuchten. Rosemarie Schneider hatte der jungen Frau aus ihrer Hausschlachtung eine runde Leberwurst und eine runde Blutwurst mitgegeben. Wo waren sie verblieben?

Den großen Unbekannten hatten auch andere Bewohner von Seehausen gesehen, ihn aber nicht weiter beachtet. Liesbeth Kühne zum Beispiel, die in der Bahnhofstraße wohnte, sah eine Person über die Wiese rennen, mehrere hundert Meter entfernt, und zwar kurz nach 10 Uhr. Sie konnte nur erkennen, dass diese Person eine Uniform trug, sie kam aus Richtung Reitplatz und lief zur Laube des Nachbarn, wo sie ja von Frau Palischke ebenfalls gesehen wurde.

Alwin Schneidewind, der an diesem Tag auf der Blockstelle Seehausen tätig war, nahm diese unbekannte Person, die quer über das Feld ging und sich in einer Hecke versteckte, auch wahr – in circa einem Kilometer Entfernung. Aber er hatte ein Fernglas auf der Blockstelle zur Verfügung, und deshalb konnte er mehr erkennen als die anderen Zeugen. Irgendwie erschien ihm die Situation bedrohlich, und für einen Moment fürchtete er sich. Er sagte in seiner Vernehmung wörtlich: »Nach meinen Feststellungen war die Person mittelgroß und von kräftiger Gestalt. Ich habe lediglich gesehen, dass sie einen dunklen Mantel trug. Über Kopfbedeckung und Schuhwerk kann ich keine Angaben machen. Die Person ging in beide Richtungen mit einem sehr forschen Gang. Ich stellte weiterhin fest, dass diese Person sowohl auf dem Hinweg zum Bahnkörper als auch auf dem Rückweg zur Betonstraße einen Beutel oder eine Tasche in der Hand trug.«

Bleibt noch zu erwähnen, dass in diesem Kriminalfall

auch Rudolf Sprengler, Jahrgang 1938, wohnhaft in Seyda, südlich von Seehausen, ab 7 Uhr des 18. April 1972 im VPKA Jessen/Elster von Oberleutnant der K Böhlert vernommen wurde. Rudolf Sprengler war der Verlobte von Roselinde Grosse. Sie kannten sich seit Juli 1971, waren seit dem Weihnachtsfest verlobt. Sie war im fünften Monat schwanger, und am 28. April 1972 wollten sie heiraten. Nun wurde bekannt, dass auch Roselinde Grosse bei der Reichsbahn beschäftigt gewesen war, und zwar wie ihre Mutter als Schrankenwärterin am Bahnübergang unmittelbar neben dem Wohnhaus.

Die Verlobten hatten das Wochenende im Schrankenwärter-Wohnhaus verbracht, und Rudolf war am 17. April 1972 gegen 5.30 Uhr mit dem Motorrad nach Hause gefahren. Bei der Verabschiedung hatte er ihr versprochen, am Montagabend wieder vorbeizukommen, denn Roselinde hatte dienstfrei, und sie wollten in den Zirkus nach Jessen fahren.

Rudolf traf verabredungsgemäß gegen 18.30 Uhr in Seehausen ein, um seine Verlobte abzuholen. Am Bahnhof stand ein Fahrzeug der Volkspolizei, und Rudolf fragte ganz erstaunt, was denn passiert sei.

Mit ernster Miene antworte ihm ein Volkspolizist: »Gehen Sie bitte ins Haus, da werden Sie alles erfahren.«

Zu Hause warteten Roselindes Mutter und Achim. Maria Meyerhöfer konnte nicht sprechen, sie weinte und schluchzte. So musste Achim, der Mutigste von den Jungs, Rudolf über den schrecklichen Tod seiner Liebsten aufklären.

Nach den Informationen ihres Vaters Hermann Meister hatte Bürgermeisterin Frieda Schneller am 17. April 1972 gegen 15.20 Uhr telefonisch Anzeige im VPKA Jüterbog, Abteilung Kriminalpolizei, erstattet. Die Anzeige nahm Leutnant der K Nieth entgegen und füllte das entsprechende Formular (KP 81) aus. Die Tatzeit wurde zunächst auf zwischen 9.30 Uhr und 11.30 Uhr festgelegt.

Es dauerte nicht lange, und die Dorfstraße in Seehausen wimmelte von Kriminalisten. Um 17.15 Uhr traf die Kommission des Dezernates KT der BDVP mit Hauptmann der K Köhler und Hauptmann der K Dieck am Ereignisort ein, eine Viertelstunde später folgte die MUK der BDVP Potsdam mit Major der K Hanss (Leitung der Einsatzgruppe), Hauptmann der K Fuß, Hauptmann der K Röpke und Obermeister der K Heinicke, zehn Minuten nach der MUK kam noch die Spezialkommission der Bezirksverwaltung des MfS. Über die BDVP Potsdam verständigte man weiterhin: die Sonderkommission des MdI Berlin, das Kriminalistische Institut der Deutschen Volkspolizei Berlin und das Institut für gerichtliche Medizin (IGM) der Humboldt-Universität zu Berlin (Charité). Am Tatort waren laut dem Ereignisortbefundbericht weiterhin anwesend: die Staatsanwältin des Kreises Jüterbog Frau Thurmann, der Stabschef des VPKA Jessen, der Leiter der Abteilung K des VPKA Jessen, Offiziere der Transportpolizei und Kräfte der Schutzpolizei des VPKA Jessen. Im Laufe des Abends trafen zudem Kommissionen der sowjetischen Armee ein. Wie viele es waren, ist leider nicht überliefert.

Die Verbrechensermittlung ist eine Art Baustelle. Alle Arbeitsschritte müssen in der richtigen Reihenfolge erledigt werden, damit am Ende der Erfolg steht. Und jedes Detail muss unbedingt gefunden und gesichert werden. »Bestimmte Teilchen ihres Ermittlungspuzzles hatten keinen anderen Wert als den, dass sie an ihrem Platz liegen mussten, damit sie die wichtigsten Teile an den richtigen Punkt legen konnten«, heißt es in Henning Mankells Roman *Die fünfte Frau*. Und schon 1914 schrieb Leo Haber in der berühmten Fachzeitschrift *Archiv für Kriminal-Anthropologie und Kriminalistik*: »Der Untersuchungsrichter sollte also selbst mit größter Sorgfalt vorgehen, geradezu die Stellung eines hochgebildeten Detektivs annehmen, und zwar von der Sicherung des Tatbestands angefangen, um sich vom Einflusse der unerfahrenen und nicht dazu geeigneten Personen am Tatorte zu befreien, die oft keinen einzigen Strahl Licht in die Sache hineinwerfen, mitunter dagegen als nicht geschulte die vorhandenen Merkmale verwischen, vernichten oder verdunkeln.« Und: »Nur der Geübte und Erfahrene, nicht der Profan, haben das Recht, den Tatort zu betreten und Handlungen an der Leiche und Dingen vorzunehmen. Dieselben sollen ja selbst reden und auf die Person des Täters hinweisen.«

Aber wenn die Teile nicht mehr an den ursprünglichen Orten lagen? Wenn Spuren vernichtet oder gar Gegenstände entfernt worden waren? Wenn der Tatort durch die vielen »Besucher« - die vier Jungs, den Rentner Hermann Meister, den stellvertretenden Bürgermeister Hans-Joachim Müller, wohl über 30 Kriminalisten, Fachleute und andere politisch leitende Kräfte – stark verändert worden war? Was passierte alles am Tatort in Seehausen? Wir werden es ermitteln!

Mit dem Eintreffen der Kriminaltechnik der BDVP Potsdam begann jedenfalls die seriöse Arbeit am Ereignisort. Im Protokoll vom 18. April 1972, unterzeichnet von Kriminalobermeister Heinicke, lesen wir, dass der Tatort immer gut gesichert war und die Veränderungen nur geringfügig ausfielen, was aus heutiger Sicht zu bezweifeln ist. Erst in den Morgenstunden am Tag nach der Tat war die Ereignisortuntersuchung abgeschlossen. Nur Stunden später lagen der Ereignisortbefundbericht und das Protokoll über die kriminalistische Tatortarbeit vor (*Suche und Sicherung von Spuren und Sachbeweisen* – KP 11e). Über das Wesentliche aus dem Protokoll, unterzeichnet von Hauptmann der K Köhler, wollen wir berichten. Die Tatortbesichtigung ergab:

- Schleifspuren vom Kücheneingang (Hofseite) in Richtung Hausflur,
- zwischen den Schleifspuren Blutstropfen auf dem gefliesten Fußboden,
- unterhalb des Küchenfensters an der Wand und der Wachstuchdecke Blutspuren,
- ein deformiertes Projektil vor dem Herd, unmittelbar vor dem Kohlenkasten auf dem Fußboden,
- Schussspuren an der Fliesenwand rechts neben dem Herd in circa 70 cm Höhe,
- ein weiteres Geschoss unter dem Körper des Opfers Grosse,

- an der Flurtür sowie der seitlichen Holzwand geringfügige Blutspuren,
- im Wohnzimmer ein durchwühltes Schubfach,
- im daran anschließenden Schlafzimmer durchwühlte Behältnisse, Uniformstücke und Stiefel sowie Uniformzubehör der sowjetischen Armee. An den Uniformstücken und teilweise im Bereich des Fußbodens haften Strohreste,
- auf dem Fußboden vor der Frisiertoilette eine Zigarettenkippe,
- auf der Glasplatte der Frisiertoilette eine Zigarettenschachtel sowjetischer Herkunft sowie sieben Stück Zigaretten und ein Taschentuch,
- von der Wohnungsmitinhaberin (Tochter der Geschädigten) wurde ein nicht zum Haushalt gehörendes Küchenmesser übergeben,
- Patronenhülsen wurden trotz intensiver Suche in Küche, Waschhaus und Hausflur nicht aufgefunden.

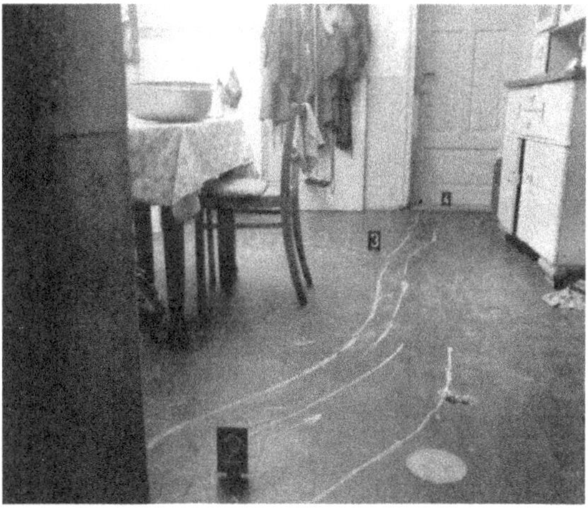

Übersichtsaufnahme von der Küche, aufgenommen von der Verbindungstür zwischen Küche und Waschküche. Ziff. 2 verweist auf den Anfang einer Schleifspur in Richtung Tür zum Hausflur (Ziff. 4), Ziff. 3 kennzeichnet Blutstropfen. (Anlagekarte der Abteilung K, Dezernat KT der BDVP Potsdam)

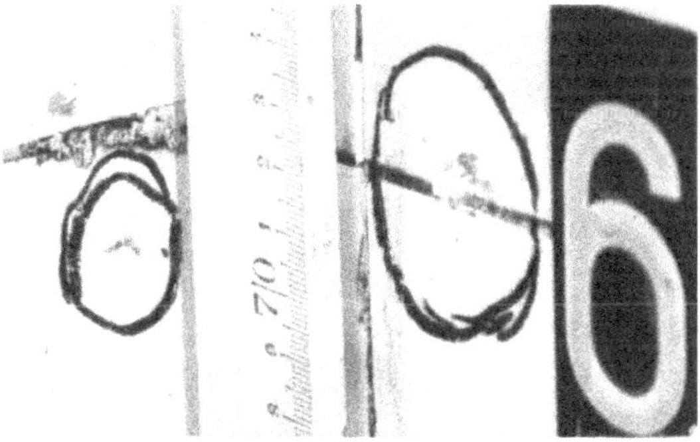

Nahaufnahme von Geschossaufschlägen, mit Ziff. 6 gekennzeichnet (Anlagekarte der Abteilung K, Dezernat KT der BDVP Potsdam)

Teilübersicht vom Bereich der Küchenecke mit Kochherd. Ziff. 6 auf dem Fußboden verweist auf den Fundort eines Projektils, Ziff. 6 an der Fliesenwand kennzeichnet die Geschossaufschlagstelle (Anlagekarte der Abteilung K, Dezernat KT der BDVP Potsdam)

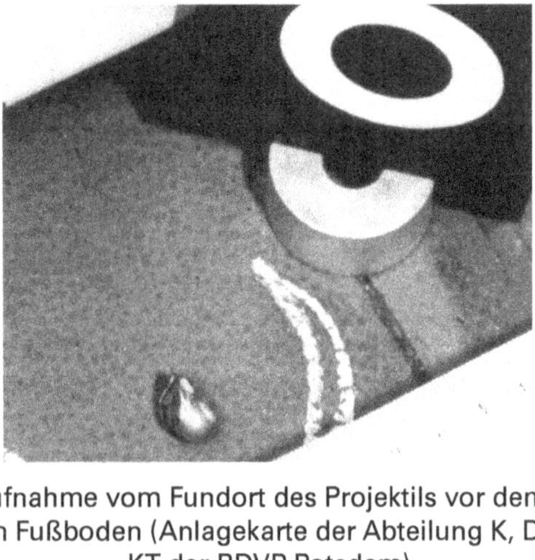

Nahaufnahme vom Fundort des Projektils vor dem Ofen auf dem Fußboden (Anlagekarte der Abteilung K, Dezernat KT der BDVP Potsdam)

Circa 700 Meter vom Tatort entfernt, in östlicher Richtung befanden sich im Bereich der Bahnlinie mehrere Teilschuheindruck- und Schuheindruckspuren verschiedener Spurenverursacher. Sechs Schuhspuren konnten durch Ausgießen mit Gips gesichert werden.

Insgesamt wurden folgende Spuren und Sachbeweise gesichert:

- ein deformiertes Geschoss in der Küche,
- ein Geschoss im Hausflur (Spur 11),
- Blutspuren in der Küche, gesichert durch Oberleutnant Mielke (Spur 2),
- Papillarleistenspuren auf der Glasplatte im Schlafzimmer (Bereich Spur 8),
- Zigarettenschachtel mit Zigaretten und Taschentuch (Bereich Spur 8),
- Zigarettenkippe auf dem Fußboden vor der Frisiertoilette (Spur 9),
- Bekleidungsstücke (sowjetische Uniform, Bereich Spur 10),
- insgesamt sechs Teilschuh- und Schuheindruckspuren 700 m vom Tatort entfernt im Bereich der Bahnlinie (Näheres Faustskizze),
- Bekleidungsstücke der Geschädigten Anna Ballmann,
- Bekleidungsstücke der Geschädigten Roselinde Grosse (bei der Sektion gesichert).

Überblicksaufnahmen von der Bahnstrecke Leipzig–Berlin in Richtung Seehausen. Ziff. 2 kennzeichnet Schrankenwärterhaus und Wohnung des Opfers Roselinde Grosse, Ziff. 3 die am Bahndamm gefundene braune Reisetasche.

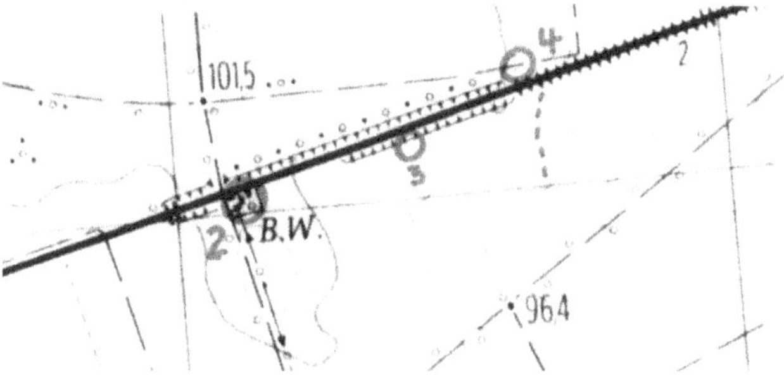


Lageskizze Bahnwärterhaus und Wohnung des Opfers Roselinde Grosse (Ziff. 2) und Auffindeort der gesicherten Schuheindruckspuren (Ziff. 4). Zwischen diesen beiden Punkten wurde eine Tasche gefunden (Ziff. 3), die aus dem Tathaus entwendet worden war.

Übersichtsaufnahme von der Gegenseite der Bahnlinie. Ziff. 4 verweist auf den Fundort der Reisetasche, Ziff. 5 auf den Bereich im Erdreich, in dem die Schuheindruckspuren gesichert wurden.

Außerdem ist dem Protokoll zu entnehmen, dass die Uniformmütze und der Fußlappen für Fahndungszwecke mit einem Fährtenhund verwendet wurden und dass sich die Leichen bereits im Krankenhaus Treuenbrietzen zur Obduktion durch Gerichtsmediziner der Humboldt-Universität zu Berlin (Charité) befanden.

Der Bericht vom 18. April 1972 über den Einsatz eines Fährtenhundes, unterzeichnet von Kriminalobermeister Gebauer, brachte einige neue Erkenntnisse ans Tageslicht. Der Fährtenhund Nr. 9056 war am Tattag von 18.30 bis 19.30 Uhr im Einsatz und legte mit seinem Hundeführer ungefähr drei Kilometer zurück. Es war stark bewölkt, und es herrschte ein starker Bodenwind bei zehn Grad Celsius.

Der Fährtenhund wurde an den Schuheindruckspuren an der Bahnlinie in Richtung Niedergörsdorf angesetzt. Er nahm sofort eine Fährte auf und verfolgte diese über eine Ackerfläche hinweg in Richtung Seehauser Morl. Er suchte über die Straße Seehausen-Gölsdorf hinweg und weiter auf einer Ackerfläche über der Straße. Nach circa zwei Kilometern Fährtenverlauf gelangte der Hund an eine Waldspitze, bog halblinks in den Wald ein und suchte, bis er auf einen Waldweg gelangte. Er bog links auf diesen ein und folgte ihm circa hundert Meter weit, bog dann rechts in den Wald ein und setzte die Suche nach halblinks fort. Er gelangte auf eine Waldschneise und suchte diese ab, bis er auf einen weiteren Waldweg stieß. Hier ging Nr. 9056 wiederum nach links, folgte dem Weg circa 200 Meter weit und bog rechts in einen weiteren Waldweg ein. Diesen suchte der Hund circa 300 Meter weit ab – bis zu einem nach links abbiegenden Waldweg. In diesen bog er ein und folgte ihm, bis zu einem Hochsitz. Hier kreiste Nr. 9056 sehr stark und verlor die Fährte. Aufgrund der Dunkelheit wurde die Fährtenarbeit beendet. Kriminalobermeister Gebauer bemerkte in seinem Protokoll noch, dass er auf den Ackerflächen Schuheindruckspuren festgestellt hatte; auf Gegenstände wurde aber auf dem gesamten Fährtenverlauf nicht verwiesen.

Der Untersuchungsführer Hauptmann der K Röpke beantragte eine kriminalistische Begutachtung zu folgenden Fragen, die nachträglich im Formular KP 11e vermerkt wurden:

- Wurden die beiden gesicherten Projektile aus der Pistole Makarow Nr. unbekannt verschossen?
- Befinden sich in den Bekleidungsstücken der Geschädigten Schussverletzungen?
- Wie weit war die Schussentfernung?
- Wurden die Schuheindruckspuren mit den zur Untersuchung vorliegenden Schuhen verursacht?
- Befinden sich an der Bekleidung des Verdächtigen Blutspuren menschlichen Ursprungs? Welche Blutgruppen lassen sich erkennen?
- Befinden sich an der Bekleidung des Verdächtigen Faserspuren der Bekleidung der Geschädigten und umgekehrt?

Die Überlegungen von Hauptmann der K Röpke lassen schon vermuten, dass schnell ein Tatverdächtiger gefunden wurde. Bevor wir aber über den weiteren

Fahndungsverlauf berichten, wollen wir die Ergebnisse der Obduktion der Toten auswerten. Sie geben Antworten auf Röpkes Fragen zu Schussentfernung und -verletzungen. Die Obduktion fand am 18. April 1972 zwischen 3.15 Uhr und 4.30 Uhr im Krankenhaus Treuenbrietzen statt. Die Staatsanwältin des Kreises Jüterbog Frau Thurmann war anwesend. Es obduzierten Oberarzt Dr. med. Gerhard Dietz und Dr. med. Gunther Geserick, beide vom Institut für gerichtliche Medizin der Humboldt-Universität zu Berlin (Charité). Gerhard Dietz hatte das bekannte Lehrbuch *Gerichtliche Medizin für Juristen, Kriminalisten, Studierende der Rechtswissenschaften und Medizin* verfasst und im Verlag Johann Ambrosius Barth in Leipzig herausgebracht; Gunther Geserick war von 1987 bis 2003 Direktor des Instituts für gerichtliche Medizin in Berlin.

Die Sektion von Anna Ballmann hatte einwandfrei einen Tod aus nicht natürlicher Ursache ergeben, sie starb an einem Brustdurchschuss. Das tödliche Projektil war über die rechte Achselhöhle in die rechte Brusthöhle eingedrungen und hatte Lunge, Speiseröhre und Herz verletzt. Das Projektil hatte den Körper im Bereich der linken Achselhöhle wieder verlassen. »Durch die Mitbeteiligung der genannten inneren Organe kam es zu einer profusen (sehr ausgeprägten, Anm. d. Verf.) Blutung in beide Brusthöhlen, wodurch letztlich der Tod eintrat. Dass dieser Schuss der Betroffenen zu Lebzeiten beigefügt wurde, ist eindeutig an der starken Ausblutungsblässe der inneren Organe zu erkennen, die an noch vorhandene Herzkreislauftätigkeit gebunden ist.

Das Fehlen von Nahschusszeichen an der Kleidung und der Einschussöffnung weist dabei auf einen Fernschuss hin.«

Die Gerichtsmediziner wiesen auch darauf hin, dass Anna Ballmann eine Reihe von Verletzungen im Bereich des Kopfes, besonders an der linken Gesichtshälfte, zugefügt worden war. Alle Verletzungen waren offenbar mit einer Pistole Makarow verursacht worden. Ein Teil der Verletzungen war auf das Einschlagen rückwärtiger Abschnitte der Waffe zurückzuführen, die die Kimme beziehungsweise den Spannhebel tragen.

Auch die Blutgruppe wurde exakt bestimmt. Das war wichtig für die Beweisführung, falls an der Kleidung des Verdächtigen Opferblut gesichert werden konnte. Für etwaige spätere Zusatzuntersuchungen wurden vorsorglich Kopfhaare, Teile aller lebenswichtigen Organe und Blut aus der Leiche sichergestellt.

Das Ergebnis der Testung der Pupillenreaktion bei der Tatortinaugenscheinnahme durch die Gerichtsmediziner war nicht eindeutig, als Anna Ballmann am 17. April 1972 um 24 Uhr untersucht wurde. In der Bauchhöhle des Opfers wurde eine Körperwärme von 29 Grad Celsius festgestellt. »Bei alleiniger Beachtung der festgestellten Körperinnenwärme konnte dabei lediglich gesagt werden, dass der Eintritt des Todes etwa zwischen 10.00 Uhr bis 12.00 Uhr des 17.4.1972 herum erfolgt sein kann.«

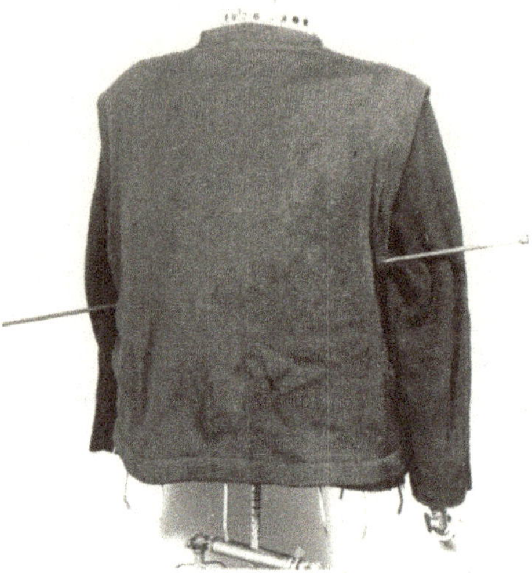

Lage der Schussverletzungen zueinander in der Oberbekleidung der Geschädigten Ballmann (Abb. 17 Anlagekarte zum Gutachten G 27/72 des KI, Tgb.-Nr. 593/72)

Die Obduktion der Leiche von Roselinde Grosse ergab als Todesursache ein Verbluten in die Bauchhöhle infolge Rumpfdurchschusses mit Verletzung der Leber und der großen Körperschlagader. Also lag auch hier ein Tod aus nicht natürlicher Ursache vor. Die Gerichtsmediziner waren sich sicher, dass Roselinde Grosse mit einem absoluten Nahschuss getötet worden war. Zwar war an der Außenseite des Mantels kein Schmauch zu erkennen, dafür aber in den darunterliegenden Schichten der Kleidungsstücke. An der Einschussöffnung am Körper war eine Art Stanzmarke zu erkennen, also ein Abdruck der Laufmündung. Die Stanzmarke wird heute auch Prägemarke genannt, was verwirrend ist, denn solche gibt es in kriminalistischer Hinsicht in vielerlei Bereichen. Bei einer Stanzverletzung oder Stanzmarke beim absoluten Nahschuss wird die Haut der Waffe entgegengeschleudert, so dass sich das Waffenprofil auf der Haut abdrückt und für den Rechtsmediziner erkennbar ist, wie die Waffe beim Abschuss gehalten wurde. Wurde sie etwa mit dem Griff nach oben gehalten, spricht man von einem Kornabdruck.

Beim absoluten Nahschuss findet sich - auch im Fall der Roselinde Grosse - unter der Haut »eine beschmauchte Höhle, in der reichlich Pulverschleim und Pulverteilchen nachgewiesen werden können« – so Prof. Dr. Wolfgang Reimann, von 1964 bis 1985 Direktor des Instituts für gerichtliche Medizin der Medizinischen Akademie »Carl Gustav Carus« in Dresden, und Prof. Dr. Otto Prokop, langjähriger Direktor des Instituts für gerichtliche Medizin der Humboldt-Universität, in ihrem berühmten *Vademecum Gerichtsmedizin. Für Mediziner, Kriminalisten und Juristen*, das bis zum Jahr 1990 in fünf Auflagen erschien. Otto Prokop war 1972 übrigens der Chef der Obduzenten Dietz und Geserick. Diese schrieben in ihrem vorläufigen Gutachten: »Die Schusswunde über dem Brustbein selbst zeigte neben einer kräftigen Vertrocknung nach Art einer Stanzmarke des Weiteren eine intensive Beschmauchung ihrer Umgebung. Zwischen den durchschlagenen Weichteilen fand sich eine kräftige Schmauchhöhle, und die dort befindliche Muskulatur zeigte infolge CO-Hb-Bildung eine kräftig lachsrote Farbe.« CO-Hb ist die Abkürzung für Kohlenoxidhämoglobin. Kohlenmonoxid geht mit dem Hämoglobin des Blutes, das eine kirschrote Farbe hat, eine feste Bindung ein. Auch darauf wiesen Reimann und Prokop in ihrem *Vademecum* hin: »In der Umgebung der Schmauchhöhle ist das Gewebe hellrot (durch CO-Hb-Bildung und Nitritwirkung).«

Beim Opfer Grosse, so die Gerichtsmediziner weiter, bestand eine Schwangerschaft in der Mitte des 6. Schwangerschaftsmonats; die Schwangerschaft wurde intakt vorgefunden. Roselinde Grosse hatte wie Anna Ballmann Verletzungen im Hinter- und im Oberkopfbereich, die ebenfalls auf Schläge mit der Pistole Makarow zurückzuführen waren (Kimme und Spannhebel). Es waren ausschließlich Weichteilverletzungen ohne Mitbeteiligung des Schädelinhaltes; sie waren insoweit nicht als Verletzungen ernsterer Art anzusehen.

Es wurden Blut, Kopfhaare und Teile aller lebenswichtigen Organe asserviert und die Blutgruppe bestimmt. Die Kleidung übergaben die Gerichtsmediziner den Vertretern der Ermittlungsorgane. Zur Todeszeit wurde dieselbe Aussage wie bei Anna Ballmann getroffen. In beiden Fällen behielten sich die Obduzenten ein endgültiges Gutachten vor.

Nach der Obduktion der Opfer zeigte der Leiter der Abteilung K des VPKA Jüterbog (i. V. Przybyla) die unnatürlichen Todesfälle dem Standesamt in Blönsdorf an und legte den Anzeigen die beiden Totenscheine bei. Die Leichen wurden sodann durch den Staatsanwalt zur Erd- beziehungsweise Feuerbestattung freigegeben.

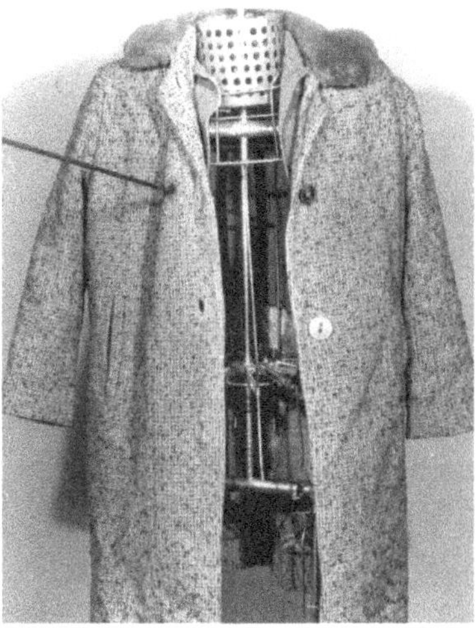

Lage der Schussverletzungen zueinander in der Oberbekleidung der Geschädigten Grosse (Abb. 16 Anlagekarte zum Gutachten G 27/72 des KI, Tgb.-Nr. 593/72)

Nachdem die Tatortarbeit abgeschlossen war, leitete Major der K Hanss von der BDVP Potsdam, Abteilung Kriminalpolizei, am 19. April 1972 gemäß § 98 der StPO der DDR ein Ermittlungsverfahren gegen Unbekannt ein. Als Gründe wurden in dem Dokument aufgeführt: »Am 17.04.1972, gegen 13.20 Uhr, wurden in der Wohnung Seehausen, Kreis Jüterbog, Dorfstraße (...), die Rentnerin Ballmann, Anna (...) und die Schrankenwärterin Grosse, Roselinde (...) tot aufgefunden. Beide Opfer weisen Schussverletzungen auf. Es besteht der Verdacht des Mordes gemäß § 112,1 StGB, so dass die Einleitung eines Ermittlungsverfahrens erforderlich ist.«

Am selben Tag ergänzte Hauptmann der K Röpke den Ereignisortbefundbericht nachträglich um die zwei von Bernd Gutzeit gefundenen Hülsen Kaliber 9 mm: »Hierzu muss bemerkt werden, dass die angeführten Hülsen von einem zwölfjährigen Kind in einer abgelegten Hose aufgefunden wurden.«

Aufgrund der Beweise und Indizien wurden die Morde an Anna Ballmann und Roselinde Grosse schnell mit einem seit dem 14. April 1972 flüchtigen Soldaten der Sowjetarmee in Verbindung gebracht. Dies belegt ein Dokument der Operativen Führungsgruppe des Ministeriums des Innern der DDR vom 18. April 1972 (VD-ODH-93/1/72). Auf Weisung des Stellvertreters des Chefs der Deutschen Volkspolizei wurden noch am Tattag um 19.30 Uhr eine Großfahndung in den Volkspolizeikreisämtern (VPKÄ) Jüterbog, Wittenberg, Jessen und Herzberg sowie die Eilfahndungsstufe I in den VPKÄ Belzig, Luckenwalde, Luckau, Finsterwalde, Bad Liebenwerda, Roßlau, Gräfenhainichen, Torgau und Eilenburg ausgelöst. Mit der Leitung und Koordinierung der Großfahndung beauftragte man den Chef der BDVP Potsdam, der Führungspunkt befand sich im VPKA Jüterbog. Auch in den umliegenden Bezirken Halle, Cottbus und Leipzig wurden Führungsgruppen gebildet. Wir lesen, dass der Chef der BDVP Leipzig beschloss, die Eilfahndungsstufe I auf das VPKA Delitzsch und das Transportpolizeiamt Leipzig zu erweitern. Nach bisherigen Erkenntnissen sei der vermutliche Aufenthaltsort des Flüchtigen das Seehauser Morl, ein Waldstück südöstlich von Seehausen.

Die Gegend wurde »stützpunktartig« durch Kräfte

der Deutschen Volkspolizei blockiert, eingesetzt wurden auch Hinterhaltgruppen der Sowjetarmee mit Schützenpanzerwagen (SPW). Im Handlungsraum wurden zwei Schützenkompanien und die SPW-Kompanie der 3. VP-Bereitschaft sowie die SPW-Kompanie der 20. VP-Bereitschaft (VPB) eingesetzt. Die Zusammenarbeit mit den Einheiten der Sowjetarmee war gewährleistet, der Einsatz eines sowjetischen Hubschraubers vorgesehen. Auch die Fährtenarbeit mittels des Einsatzes von Schutz- und Suchhunden durch die Diensthundestaffeln der BDVP Potsdam sowie der Zentralschule des MdI in Pretzsch wurde am 18. April 1972 wieder aufgenommen. Die Einbeziehung der Bevölkerung sei gewährleistet, heißt es im Dokument VD–ODH–93/1/72.

»Im Verlaufe der Handlungen der 3. VPB Potsdam wurde der Flüchtige gegen 06.45 Uhr am Bahnwärterhäuschen ostwärts Seehausen aufgespürt. Im Verlauf eines Feuerwechsels wurde der Gesuchte verletzt und flüchtete. Die Verfolgung wurde aufgenommen. Eine Pistole des Täters wurde am Ereignisort sichergestellt.« Diese Angaben wurden in keiner anderen Akte erwähnt. Wahrscheinlich war es der Versuch, mit einem kleinen Fahndungserfolg - der Flüchtige ist angeschossen worden! - aufzuwarten. Major der VP Schwarz meldete am selben Tag: »Die Festnahme des Flüchtigen erfolgte am 18.04.1972, 07.15 Uhr, bei Seehausen, Kreis Jüterbog durch Angehörige der 3. VPB. Der Soldat ist unverletzt. Beide Pistolen wurden sichergestellt. Er hat die Dokumente bei sich. Die Fahndungsmaßnahmen werden aufgehoben.« (VD-ODH-93/2/72) Von einer Schussverletzung ist hier keine Rede.

Am 19. April 1972 um 9 Uhr rief der Militäroberstaatsanwalt Müller den Major der K Hanss an und teilte ihm mit, dass aufgrund umfangreicher Fahndungsmaßnahmen Igor Alexejewitsch Galowin festgenommen worden sei. Dem Militäroberstaatsanwalt war der Inhalt der Erstvernehmung mitgeteilt worden. Demnach sagte Galowin, der seit dem 14. April 1972 aus seiner Einheit in Rehagen, Kreis Zossen, fahnenflüchtig gewesen war, dass er insgesamt 14 Patronen verschossen habe. Die Patronenhülsen, die er in der Wohnung der Geschädigten Ballmann verschossen hatte, wollte er hinter einen Schrank geworfen beziehungsweise dort versteckt haben. Diesbezüglich sei laut Militäroberstaatsanwalt Müller eine Nachsuche unbedingt erforderlich. Er legte fest, dass der Vorgang abschließend durch die Abteilung Kriminalpolizei der BDVP Potsdam zu bearbeiten und am Montag, 24. April 1972, also eine Woche nach dem schweren Verbrechen, »übergabereif« an die Militärstaatsanwaltschaft auszuhändigen sei. Major Grieschat, der Morduntersuchungsexperte der Hauptabteilung Kriminalpolizei im Ministerium des Innern der DDR, wurde entsprechend verständigt. Sollten sich nach Vorliegen des Protokolls der Erstvernehmung Hinweise für die weitere Untersuchung ergeben, so der Militärstaatsanwalt, teile Grieschat dies unverzüglich mit. Schließlich wies Müller an, das Ausweisdokument des Galowin dem Vorgang beizufügen. Er setzte noch hinzu: »Die die Festnahme durchgeführten VP-Angehörigen sind zeugenschaftlich zu vernehmen.«

Das *Protokoll über die Festnahme einer männlichen Person am 18. April 1972 gegen 07.15 Uhr im Raum Seehausen, Kreis Jüterbog* gibt Auskunft über die Umstände der Festnahme. Der Meister der VP Hans Kahl vom Zentralen Kommando der Schutzpolizei des VPKA Potsdam brachte am 21. April 1972 in Potsdam das Folgende zu Papier:

*Am 17.04.1972 gegen 20.00 Uhr erhielt ich den Auftrag vom ODH des VPKA Potsdam, Hauptmann der VP Schäfer, mit meiner Besatzung, Hauptwachtmeister der VP Weier als Kraftfahrer, Hauptwachtmeister der VP Werner als Einsatzkraft und mir als Streifenführer, zum VPKA nach Jüterbog zu fahren und uns dort bei dem Amtsleiter zu melden. Hier erhielten wir den Auftrag, im Raum Dennewitz-Niedergörsdorf Streife zu fahren. Wir beobachteten gedeckt unseren Streifenbereich und befuhren ihn. Gegen 07.15 Uhr näherten wir uns einer großen Strohmiete etwa 75 bis 100 Meter von der Straße in Richtung Seehausen. Wir hielten den FStW etwa 20 Meter vor der Miete an und suchten die Umgebung ab. Hierbei stellten wir an der hinteren Seite der Miete fest, dass dort ein Übernachtungslager ist. Wir suchten die Umgebung nach Fußspuren ab und fanden auch eine, die aus der Richtung des Bahngleises kam. Weiterhin stellten wir fest, dass die Strohmiete eben aufgerissen worden ist. Hieraufhin entschloss ich mich, den Gen. Werner nach oben zu schicken und den Ort zu überprüfen. Der Gen. Werner rief uns zu, dass hier oben eine männliche Person ist. Der Gen. Werner bekam von mir die Weisung, sich sofort in Sicherheit zu begeben und abzuwarten, bis ich oben bin. Jetzt begaben wir beide uns zu dem Versteck der männlichen Person und forderten ihn auf, die Waffen und Magazine abzugeben. Dieser Aufforderung kam er auch nach. Weiterhin forderte ich seinen Ausweis, den er mir auch gab. Es handelte sich um eine ca. 1,75 m große männliche Person, sportliche Figur, kurzes, nach hinten gekämmtes Haar, ca. 20 Jahre. Bekleidet war die Person mit einem dunkelgrünen Anorak, blauer Leinenhose, hohen schwarzen Schuhen ohne Senkel. Er führte zwei Pistolen Makarow mit der Nummer 4666 und 3484 sowie 6 Stück Magazine, 4 St. mit je 8 Schuss, 2 St. mit je 7 Schuss. Beide Pistolen waren geladen und gesichert. Weiterhin führte die Person einen braunen Stoffhandschuh mit diverser Pistolenmunition bei sich. Er wurde aufgefordert, sich jetzt nach unten zu begeben. Hier wurde er durchsucht und die Handfessel auf dem Rücken angelegt. Die männliche Person sprach kein Wort mit uns.*

*Ich meldete den Sachverhalt an die Leitstelle Paula 05, »Paula 05 für Paula 636 kommen«.*

*Paula 636 habe die in Fahndung stehende männliche Person mit der ebenfalls in Fahndung stehenden Bewaffnung zwischen Seehausen und Niedergörsdorf an der hier befindlichen Strohmiete festgenommen. Personalien wurden lt. Ausweis überprüft. Ich erhielt über Funk den Auftrag, das Eintreffen von Paula 637 zu erwarten und dann die männliche Person mit Sondersignal zum VPKA Jüterbog zuzuführen.*

*Gegen 08.10 Uhr wurde die festgenommene Person an den Fahndungsstab übergeben und alle anderen abgenommenen Sachen, außer dem Ausweis, der wurde am*

*18.04.72, gegen 17.00 Uhr, im VPKA Potsdam Leutnant Langer, Leiter ZKS, abgegeben. Hauptwachtmeister Werner nahm an der Überführung mit Paula 637 zur sowjetischen Kommandantur in Jüterbog teil. Ich erhielt den Auftrag, mit meiner Besatzung Paula 636 zum VPKA Potsdam zurückzufahren.*

Wie der Militärstaatsanwalt angewiesen hatte, wurden die drei Volkspolizisten, die den Verdächtigen festgenommen hatten, detailliert vernommen. Hans Kahl sagte aus, er habe gesehen, dass frisch herabgefallene Strohballen auf dem Boden lagen. Sofort ging ihm durch den Kopf, dass es sich bei der Strohmiete um eine sehr gute Versteckmöglichkeit handelte. Er erkannte auch, dass Fußspuren zu ihr führten, aber keine Abgangspuren vorhanden waren – sehr verdächtig!

Auf der Strohmiete, ergänzte Hans Kahl, übergab die unbekannte männliche Person nicht nur die Pistolen und die Munition bereitwillig und ohne Widerstand, sondern auch einen graufarbenen Filzhut. Es war der Hut, der von Horst Gutzeit vermisst wurde. An einer Pistole hing eine Herrentaschenuhr, die mittels metallähnlicher Befestigung dort angebracht war. Auch sie gehörte Horst Gutzeit; er hatte sie zunächst nicht vermisst und deshalb in seiner Vernehmung zu den vermissten Gegenständen nicht erwähnt.

Bei der Durchsuchung des Festgenommenen wurde lediglich ein füllfederartiger Metallstab gefunden, der mit kyrillischen Buchstaben beschriftet war. Die Volkspolizisten vermuteten deshalb, dass er aus sowjetischen Armeebeständen stammte. Der Festgenommene sprach kein Wort, verhielt sich ruhig und kam allen Anweisungen nach.

Die anderen beiden Schutzpolizisten bestätigten alle Angaben des Kollegen. Hauptwachtmeister der VP Werner, der als Erster auf die Strohmiete gestiegen war, schilderte in seiner Vernehmung die Auffindesituation noch konkreter. »Auf der Miete angelangt, konnte ich unschwer erkennen, dass etwa in der Mitte dieser Miete Stroh aufgedeckt lag und sich dort ein Versteck befinden musste. Daraufhin bin ich leise dieser Stelle näher getreten und nahm mehrere gepresste Strohbunde beiseite. Plötzlich bekam ich Einblick in einen Hohlraum, wo ich einwandfrei eine männliche Person in stehender, nach vorn geneigter Stellung erkannte. Diese Person stand aber mit dem Rücken zu mir und konnte mich nicht vollauf sehen. Ich stand mit meinem Körper in Blickrichtung der Bahnlinie. Als Sofortmaßnahme habe ich gleich meinen Fuß in das Genick dieses unbekannten Mannes gestellt und ihn damit niedergehalten. Dann gab ich dem Streifenführer ein Zeichen, dass er hochkommen sollte, da ich hier eine Person festhalte.«

Wieso konnte der Mann so widerstandslos festgenommen werden? Auch darüber klärt uns der VP-Angehörige Werner auf. Der Festgenommene war sehr überrascht, er hatte sich offenbar sicher gefühlt und wohl fest geschlafen, sonst hätte er sich vielleicht mit Waffengewalt zur Wehr gesetzt.

Die Strohmiete wurde am 20. April 1972 noch einmal gründlich inspiziert. In der Zeit zwischen 11 Uhr und 13 Uhr suchten drei Offiziere der K, sechs Schutzpolizisten vom VPKA Jüterbog, sechs Mitarbeiter des Munitionsbergungsbetriebes der BDVP Potsdam und der uns schon bekannte Hauptwachtmeister der VP Werner nach verdächtigen Gegenständen. In der eigentlichen Lagerstätte des Verdächtigen wurde noch eine Taschenuhrschutzhülle mit Zellophandeckel entdeckt. Weiteres wie Munition oder Schlüssel wurden aber nicht gefunden. Die Schutzhülle wurde noch am gleichen Tag Horst Gutzeit vorgelegt, der sie als sein Eigentum identifizierte.

Der Festnahmeort ist mit einem Pfeil gekennzeichnet. Es handelt sich um eine Strohmiete 300 m nördlich der Landstraße Seehausen–Gölsdorf in Höhe des Kilometersteines 2,4. (Ergänzung zur Anlagekarte über den vermutlichen Aufenthaltsort des Verdächtigen vor der Tat und nach Zeugenaussagen zum Zeitpunkt der Festnahme vom 20. April 1972)

Nach der Festnahme des Verdächtigen, unzweifelhaft ein Angehöriger der GSSD, waren die höheren Offiziere an der Reihe. Oberstleutnant der VP Küster, Stabschef der BDVP Potsdam, machte am 20. April 1972 einen *Aktenvermerk zur Übergabe des in Fahndung gestellten Galowin, Igor an den Verbindungsoffizier des Kommandos der Sowjetarmee (gefertigt nach den Aufzeichnungen meines Arbeitsbuches)*, den wir vollständig zitieren:

*Am 18. April 1972, gegen 08.15 Uhr, wurde durch die Besatzung des zur Fahndung eingesetzten Funkstreifenwagens P 636 der festgenommene Galowin, Igor, zum VPKA Jüterbog gebracht.*

*Sofort nach Eintreffen im VPKA führte mir der Streifenführer des Funkstreifenwagens, VP-Meister Kahl, den Festgenommenen in der zur Führung der Großfahndung im VPKA Jüterbog eingerichteten Führungsstelle des Chefs der BDVP Potsdam vor.*

*Galowin, Igor war an den Händen geschlossen. Er trug stark verschmutzte Zivilkleidung (anthrazitfarbenen Anorak, graue Hose). Zugleich wurden durch den VP-Meister Kahl die dem Festgenommenen abgenommenen*

*2 Pistolen Makarow Nr. 4666 und 3484 mit insgesamt 6 Magazinen (darunter 4 gefüllt mit je 8 Patronen und 2 bereits aus den Waffen entfernten Magazinen mit je 7 Patronen gefüllt, 1 brauner Stoffhandschuh, in dem sich eine unbestimmte Anzahl von Patronen befand);*

*1 Taschenuhr*

*übergeben.*

*Andere beweiserhebliche Gegenstände wurden nicht übernommen.*

*Die dem Galowin abgenommenen 2 Pistolen waren beide durchgeladen, eine der Waffen war entsichert. Aus*

*Gründen der Sicherheit wurden beide Waffen entladen. Die beiden entnommenen Patronen wurden in die beiden jeweils mit 7 Patronen gefüllten Magazine eingeführt.*

*Bei der Vorführung des Galowin durch die Besatzung des Funkstreifenwagens waren zugegen:*

*der vom Kommando der Sowjetarmee in der Führungsstelle des Chefs der BDVP im VPKA Jüterbog als Verbindungsoffizier und Dolmetscher eingesetzte Genosse Major Alexander K O V E R D A, Angehöriger des sowjetischen Divisionsstabes Jüterbog;*

*der Leiter der Fahndungszentrale der HA/K des MdI, Oberstleutnant der K Philipp;*

*der Leiter des VPKA Jüterbog, Major der VP Tietzsch.*

*Nachdem der Genosse Major K O V E R D A mit seinem Kommando telefonische Verbindung (über die Zuführung des Galowin) aufgenommen hatte, wurde Galowin durch mich zur Überführung an das Kommando der Sowjetarmee dem Genossen Major K O V E R D A übergeben.*

*Auf Bitte des Genossen Major K O V E R D A stellte ich ihm selbst einen Pkw zur Verfügung und setzte die Besatzung des Funkstreifenwagens P 636 zur Sicherung des Festgenommenen und zur Überführung an das sowjetische Kommando ein.*

*Mit dem Genossen Major K O V E R D A wurde weiterhin vereinbart, dass die dem Galowin abgenommenen Waffen zum Zwecke der ballistischen Untersuchung durch das Kriminalistische Institut Berlin in der Führungsstelle verbleiben. Genosse Major K O V E R D A stimmte dem zu.*

*Die vorstehenden genannten Waffen und Munition wurden am 18.04. – vormittags vom KI Berlin übernommen.*

*Die Übernahme des Galowin wurde durch den sowjetischen Untersuchungsrichter Genossen Major S T E L - Z O W in einem Aktenvermerk bestätigt. Dieser wurde zum Vorgang gegeben.*

*Die Übergabe des Galowin an den Genossen Major K O V E R D A war im Zeitraum von 10 Minuten abgeschlossen.*

Am 21. April 1972 wusste man über den Soldaten Igor Galowin mehr, denn nun lag eine Übersetzung der Daten seines Wehrpasses vor, der vom Wehrkommando der Stadt Kirowgrad, Gebiet Swerdlowsk, ausgestellt war. Er war 1953 geboren, ging nach der achten Klasse von der Schule ab, war Schlosser und ledig. Galowin wurde am 29. November 1971 grippeschutzgeimpft und besaß auch eine Maschinenpistole AKM 2409. Gar nicht auszudenken, was noch alles hätte passieren können, wenn er bei seiner Flucht mit der Maschinenpistole unterwegs gewesen wäre …

Jetzt war noch zu klären, wo sich der Festgenommene vor der Tat aufgehalten hatte. Wir erinnern uns, es gab einige diesbezügliche Zeugenaussagen, und es wurden weitere Überlegungen zum vermutlichen Aufenthaltsort des Galowin angestellt. Mit großer Wahrscheinlichkeit hatte er sich unmittelbar zuvor in der Scheune am Tatort aufgehalten.

Am 18. April 1972 wurde Igor Alexejewitsch Galowin

durch den Militärstaatsanwalt der GSSD Generalmajor der Justiz Krjutschkow und den Gehilfen des Militärstaatsanwalts Oberstleutnant der Justiz Matalasow von 12.30 Uhr bis 18.40 Uhr in ihren Diensträumen vernommen. Da das Vernehmungsprotokoll übersetzt werden musste, erhielten die DDR-Ermittler erst einige Tage später davon Kenntnis. Offenbar wurde auch nicht alles übermittelt, denn das Dokument nannte sich nur *Auszug aus dem Protokoll der Beschuldigtenvernehmung*. Galowin sagte demnach aus:

*Mir wurden meine im Artikel 52 StPO der RSFSR enthaltenen Rechte* (des Verdächtigen, Anm. d. Verf.) *erläutert. Mir wurde mitgeteilt, welcher Straftat ich verdächtig bin, d. h. die Begehung der Straftaten gemäß den Artikeln 102 Buchst. d, e und g, 218 Abs. 1, 247 Buchst. a und 258 Buchst. c.*

*Zur Sache:*
*In der Nacht vom 13. zum 14. April '72 habe ich als Diensthabender der Batterie unter Verletzung der Vorschriften über den Innendienst 2 Pistolen und 96 Schuss Munition aus der unter meiner Bewachung stehenden Waffenkammer der Batterie entwendet. Gleich danach bin ich aus dem Truppenteil desertiert und habe während der Dauer der Desertion zwei Bürgerinnen der DDR getötet, worüber ich im Einzelnen noch aussagen werde.*

*Am 17. April beschloss ich, Zivilkleidung anzuziehen, da ich in der Militäruniform zu sehr auffiel.*

*In der Nacht zum 17. April kam ich in eine Ortschaft der DDR, deren Namen ich nicht kenne. Ich ging gleich zum ersten Haus und kroch auf den Heuboden, der sich im Hof dieses Grundstückes befindet, und schlief dort bis zum Morgen.*

*Etwa um 9.00 Uhr morgens kam aus dem Haus eine ältere Frau und machte im Hof etwas an einer Leine. Wahrscheinlich wollte sie Wäsche aufhängen. Kurz danach begab sie sich wieder in das Haus. Ich ihr hinterher. Ich hatte das Haus noch nicht betreten, als zum Haus eine junge Frau mit dem Fahrrad angefahren kam. Sie kam wahrscheinlich vom Einkaufen, da sie irgendeine Tasche bei sich hatte. Sie sah mich und fragte irgendetwas auf Deutsch. Ich verstand Deutsch nicht. Ich verstand nur, dass sie sagte »Kamerad«. Mit der Pistole zeigte ich ihr, dass sie ins Haus gehen soll, was sie auch machte. Im Haus haben die ältere und die junge Frau irgendetwas auf Deutsch zu mir gesagt. Was sie jedoch sagten, verstand ich nicht.*

*Ich beschloss dann zu überprüfen, ob sich im Haus noch irgendwelche Leute befinden. Während dieser Zeit befanden wir uns, d. h. ich, die ältere und die jüngere Frau in einem großen Zimmer, das 3 Türen an jeweils einer Seite hatte. Ich öffnete danach die mittlere Tür, um die übrigen Räume des Hauses zu überprüfen. Während dieser Zeit lief die ältere Frau aus dem Zimmer durch die Tür, die zum Flur und zur Straße führt. Ich habe, damit sie nicht aus dem Haus läuft und über mich an die Polizei Meldung macht, auf sie geschossen, und sie fiel hin. Während dieser Zeit lief die junge Frau zu der Tür, die zum Hof führt. Ich habe sie noch vor der Tür eingeholt, erfasste sie mit der Hand an der Schulter, drehte sie mit dem Gesicht zu mir um und schoss auf sie fast mit aufgesetztem Lauf. Sie fiel hin.*

*Sowohl die ältere Frau als auch die junge Frau haben, nachdem ich auf sie geschossen habe, gestöhnt. Da habe ich ihnen den Rest gegeben, indem ich jeder noch einige Schläge mit dem Griff der Pistole auf den Kopf versetzte.*

*Wie viel Schläge ich mit dem Knauf der Pistole ihnen versetzte, weiß ich nicht, kann mich aber daran erinnern, dass ich jeder mehrere Schläge versetzte.*

*Die Leichen der beiden Frauen ließ ich im Flur.*

*Danach ging ich durch alle Räume des Hauses. Es befanden sich dort keine weiteren Menschen. Danach untersuchte ich die Schränke im Hause und nahm mir und zog an:*

*1 weißes Hemd mit schwarzem Binder, 1 schwarzen Pullover, graue Hosen, 1 blauen Arbeitsanzug – bestehend aus Hosen und Jacke –, 1 Nylonanorak, Socken und 1 Paar schwarze mit Pelz gefütterte Schuhe. Danach nahm ich mir 2 Taschentücher, 1 Wurst, 2 Brote und Margarine. Meine Uniform, Parademantel, Mütze, Stiefel, Paradejacke und Koppel ließ ich in diesem Hause. Auf meiner Koppel befindet sich eine durch mich gefertigte Aufschrift »Galowin«. Ich hatte keine Angst, meine Sachen in diesem Haus zu lassen, da ich wusste, dass der Verdacht sich nur auf meine Person beziehen würde und dass alle davon ausgehen werden, dass gerade ich diesen Mord begangen habe.*

*Und außerdem habe ich in diesem Haus noch einen schwarzen Hosengürtel mitgenommen.*

*Danach versuchte ich noch ein Motorrad in Gang zu*

*setzen, das im Hof dieses Grundstückes stand, um mit ihm wegzufahren, aber es gelang mir nicht, das Motorrad anzulassen, und deshalb habe ich etwa gegen 13.00 Uhr das Grundstück verlassen, begab mich in den Wald und beschloss, wenn ich dort gesucht werde, das Feuer zu erwidern.*

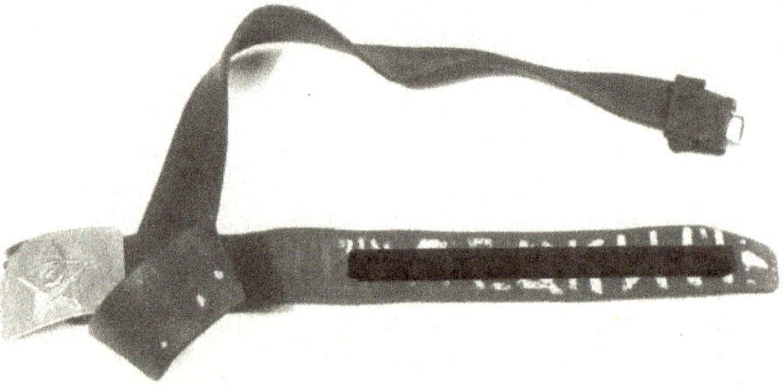

Übersichtsaufnahme des Koppels (Abb. 20 Anlagekarte zum Gutachten G 27/72 des KI, Tgb.-Nr. 593/72)

*Frage: Warum haben Sie auf die Frauen geschossen?*

*Antwort: Auf die Frauen habe ich nur deshalb geschossen, damit sie nicht das Haus verlassen und über mich keine Meldung an die Polizei machen, damit ich nicht festgenommen werde. Auf die junge Frau habe ich mit fast aufgesetzter Waffe geschossen und auf die ältere Frau aus einiger Entfernung. Irgendwelche anderen Ziele, außer meine Festnahme zu verhindern, habe ich, indem ich auf diese Frauen schoss, nicht gehabt. Während dieser Zeit war ich nüchtern und habe sie nur deshalb getötet, damit sie keine Meldung über mich an die Polizei machen können und damit ich nicht festgenommen werde.*

*Während meines Aufenthaltes im Haus habe ich 2 Hülsen der von mir verschossenen Munition gefunden, die ich in alte oder schmutzige Bekleidung warf, die sich in einem der Flure im Haus befand.*

*Während dieser Vernehmung habe ich ein Schema des Hauses und des Hofes angefertigt, wo ich den Mord beging. Dieses Schema füge ich dem Protokoll dieser Vernehmung bei. Auf diesem Schema, unter der Nummer 8, ist der Ort bezeichnet, an dem ich diese Hülsen wegwarf und wo sie sich befinden müssen.*

*Während ich mich im Wald neben der Ortschaft aufhielt, in der ich die 2 Frauen getötet habe, habe ich abends am 17. April 2 Männer mit einem Hund gesehen. Mir war klar, dass sie mich suchen. Ich ging weiter in den Wald. Dabei beschrieb ich Kreise, um meine Spuren vor dem Hund zu verwischen. Das gelang mir auch. Der Hund und die Menschen haben sich mir auch nicht genähert.*

*Danach ging ich zur Bahnstation, um mit einem Güterzug weiter nach dem Westen zu fahren. Aber Güterzüge haben dort nicht angehalten. Ich ging dann entlang der Bahnlinie weiter in Richtung Westen. Etwa um 3.00 Uhr nachts zum 18. April sah ich, wie unweit von mir einige Menschen vorbeigingen. Dann hörte ich einen Laut, etwa so: »Halt …« Gleichzeitig hörte ich einen Feuerstoß aus einer Maschinenpistole. Ich setzte mich und verhielt mich ruhig. Bald darauf hörte ich einen zweiten Feuerstoß. Danach hat keiner nach mir gerufen. Während dieser Zeit fuhr ein Zug vorbei. Unter Ausnutzung des durch den Zug verursachten Lärms lief ich von ihnen weg. Dann kam ich an einen Strohschober. Ich kroch auf diesen Schober, machte in dem Stroh eine Vertiefung, legte mich dort rein und schlief ein. Ich wurde wach, als ein Polizist sich auf mich warf. Ich war nicht in der Lage, irgendwelchen Widerstand entgegenzusetzen. Er nahm mir die Pistolen ab und nahm mich fest.*

*Frage: Wenn Sie in der Lage gewesen wären, Widerstand zu leisten, was hätten Sie getan?*

*Antwort: Auf diese Frage zu antworten fällt mir schwer, da ich nicht weiß, was ich getan hätte, wenn ich die Polizisten vor meiner Festnahme gesehen hätte. Wenn ich nicht festgenommen worden wäre, wäre ich in die BRD gegangen. Die Grenze wollte ich entsprechend den Umständen überschreiten, auf welche Weise konkret kann ich jedoch nicht sagen, da ich darüber nicht nachdachte.*

*Bis zu meiner Festnahme habe ich insgesamt 10 Schuss abgefeuert. In der Nacht zum 15. April habe ich 8 Schuss auf Hasen abgegeben, um sie zu erlegen und zu essen.*

*2 Schuss gab ich auf die Frauen ab, die ich getötet habe. Es kann sein, dass ich auf die Frauen nicht 2, sondern mehr Schüsse abgab. Da ich aber nur 2 Hülsen fand, gehe ich davon aus, dass ich 2 Schuss auf sie abgegeben habe.*

*Außerdem habe ich 2 Schuss auseinandergenommen, um mit Hilfe des Pulvers ein Feuer zu machen. Die übrige Munition wurde mir bei meiner Festnahme durch die Polizei abgenommen.*

*Vorliegendes Protokoll habe ich selbst gelesen. In ihm wur-*

*de durch meine Worte alles richtig wiedergegeben. Ergänzungen und Bemerkungen zum Protokoll habe ich nicht.*
*Unterschrift (Galowin)*

*Militärstaatsanwalt der Gruppe der sowjetischen Streitkräfte in Deutschland Generalmajor Krjutschkow*

*Gehilfe des Militärstaatsanwalts*
*Oberstleutnant Matalasow.*

*Für die Richtigkeit: Oberstleutnant der Justiz Matalasow*

Zu diesem Protokoll müssen wir unbedingt einige Anmerkungen machen. Erstens wollen wir erklären, was die Artikel aus dem Strafgesetzbuch der RSFSR bedeuten.

Artikel 102 beschreibt den Mord im schweren Fall, und der Übersetzer hat die Reihenfolge des deutschen Alphabets gewählt. Buchstabe d verweist auf eine mit besonderer Grausamkeit begangene Tötung, Buchstabe e auf den erschwerenden Umstand, dass eine Lebensgefahr für viele Menschen bestand und Buchstabe g auf die Tötung einer Schwangeren. Artikel 218 beschreibt Waffendelikte (»Die rechtswidrige Aneignung einer Schusswaffe, scharfer Munition oder von Sprengstoffen«), Artikel 247 ist mit Desertion (Fahnenflucht) überschrieben, Artikel 258 ist als Verletzung von Dienstvorschriften eine Militärstraftat (»Der Verstoß der statutengemäßen Regeln des inneren Dienstes«). Die drei zuletzt genannten Artikel können aber strafrechtlich wegen der Schwere der Mordtat vernachlässigt werden, denn auf den Mord im schweren Fall des Artikels 102 der RSFSR war eine Freiheitsstrafe von acht bis fünfzehn Jahren oder die Todesstrafe angedroht. Und nur das zählte.

Und zweitens: Das Protokoll, das nicht ohne Grund *Auszug aus dem Protokoll der Beschuldigtenvernehmung* heißt, spiegelt mit großer Wahrscheinlichkeit nicht den wirklichen Verlauf der Befragung wider. Sechs Stunden und zehn Minuten Vernehmung lassen sich kaum auf fünf Seiten Protokoll reduzieren. Vor allen Dingen wird darin überhaupt nicht klar, wie sich Igor Galowin zu dieser wohl insgesamt wahrheitsgemäßen Aussage durchgerungen hat.

Kriminalisten wissen, dass eine reine Ergebnisformulierung im Protokoll schlecht ist, weil so das Ringen um die Aussage oder um die Wahrheit nicht zum Ausdruck kommt. Es ist aus beweistechnischen Gründen immer geboten, auch die einzelnen Schritte und die Umwege bis zum Geständnis nachvollziehbar zu machen, das heißt zu protokollieren. Das ist in diesem Fall nicht erfolgt, so dass wir vieles nicht wissen. Auf welchen Wegen ist Galowin zu dieser Aussage gekommen? Hat er sie überhaupt so gemacht? Hat er sie nur – womöglich unter Zwang – unterschrieben? Spielten die Intentionen der Vernehmer bei der Niederschrift die herausragende Rolle, waren sie die richtungsweisende Kraft? Dann wäre dies nicht das Protokoll der Aussage der vernommenen Person, sondern die Niederschrift der Aussage des Vernehmenden über die Aussage des Vernommenen. Dass ein solches Herangehen mit Fehlerquellen gespickt ist, ist jedem begreiflich.

Noch problematischer ist die zweite Hypothese: Die Aussage im Protokoll ist die von den Vernehmern gewünschte Aussage. Dafür spricht vieles, denn es ist davon auszugehen, dass die sowjetischen Ermittler den aktuellen Kenntnisstand ihrer DDR-Kollegen hatten: Alle Berichte vom Tatort, Zeugenaussagen, sämtliche Berichte von der Festnahme und die Gutachten der Gerichtsmediziner lagen ihnen vor. Und in der Aussage sind alle Fakten so geordnet, wie die Kriminalisten sie nicht nur festgestellt, sondern auch bewiesen haben. Die sowjetische Militärstaatsanwaltschaft wollte keine Widersprüche in Galowins Aussage stehen lassen, denn dann hätte es womöglich Nachfragen, weitere Untersuchungen und vielleicht sogar den Wunsch gegeben, den Mörder zu befragen. Es ist zu unterstellen, dass die sowjetische Militärstaatsanwaltschaft das ausschließen wollte. Vielleicht auch die Potsdamer Kriminalisten und die DDR-Militärstaatsanwaltschaft, denn das Papier liest sich nicht wie eine Übersetzung aus dem Russischen von einem russischen Muttersprachler, sondern wie eine deutsche Bearbeitung. Keine Fehler, vom Ausdruck her ohne Fehl und Tadel. Wir können mit hoher Wahrscheinlichkeit annehmen, dass das Protokoll ein Ergebnis der deutsch-sowjetischen Zusammenarbeit und Freundschaft darstellt.

Der Generalmajor der Justiz Krjutschkow war den Kriminalisten der DDR kein Unbekannter. Als Militärstaatsanwalt der in der DDR stationierten GSSD hatte er 1971 in der MdI-Fachzeitschrift *Forum der Kriminalistik* einen Artikel über den strengen Wahrer sozialistischer Gesetzlichkeit W. I. Lenin veröffentlicht, allerdings rein theoretisch und ohne jeglichen Bezug zu seiner eigenen Tätigkeit in der DDR. Ohne Gesetzlichkeit, schrieb Lenin einmal, kann »von keinerlei Schaffung eines kulturellen Niveaus die Rede sein«. Wie wahr. Doch hatte sich der Generalmajor der Justiz in unserem Fall davon leiten lassen?

Am 18. April 1972, dies sei noch angemerkt, wurde Maria Meyerhöfer der Einkauf ihrer getöteten Tochter, der sich im Tathaus befunden hatte, von der Kriminalpolizei übergeben. Im Protokoll sind vermerkt: ein Vierpfundbrot (ganz), ein Vierpfundbrot (angeschnitten), zwei Büchsen Margarine zu je 250 Gramm, zwei Schachteln Streichhölzer, eine halbe Blutwurst und eine Schachtel mit neun Zigaretten der Marke Juwel. Am selben Tag erhielt auch Horst Gutzeit sein Eigentum zurück, wobei das Übergabeprotokoll von einem Konflikt kündet. Eigentlich sollten übergeben werden: eine braune Reisetasche aus Kunstleder, ein Schlüssel mit Schlüsselring, ein Küchenmesser, vier Dauerwürste (ganz), eine Dauerwurst (angeschnitten), ein dunkelbrauner Lederhandschuh und eine Pappschachtel mit sieben Zigaretten. Aber die Reisetasche, das Küchenmesser und der Lederhandschuh wurden gestrichen, weil diese Positionen als Beweismittel dienten, und es wurde auf das Beschlagnahmeprotokoll verwiesen. Einen Tag später bekam Elfriede Gutzeit ihren Trauring Gold 333 mit allen protokollarischen Ehren zurück. Doch auch hier gab es seitens der Kriminalpolizei einen Rückzieher, denn sie sollte darüber hinaus einen dunkelbraunen Lederhandschuh mit Druckknopf (linke Hand), eine Herrentaschenuhr mit sieben Steinen und Uhrkette, eine ausgeschriebene Fahrkarte mit der Nr. 48559 vom 21. August 1971 (Strecke Blönsdorf-Ludwigsfelde) und eine Einladung zum Sommerfest nach Berlin-Weißensee mit Datum vom 28. August 1971 zu einer Kleingartenanlage wiederbekommen. Elfriede Gutzeit erklärte bei der Übergabe, dass sich die Fahrkarte, die Einladung und die Herrentaschenuhr in ihrem Haus befunden hätten, wahrscheinlich im Nachtschrank von Anna Ballmann. Der Trauring war von ihrer Mutter getragen worden, und der linke Lederhandschuh hatte sich in der braunen Reisetasche befunden. Folglich wurde nur der Trauring übergeben, denn die anderen Gegenstände dienten als Beweismittel.

Maria Meyerhöfer bekam am 19. April 1972 einen Trauring mit der Herstellerbezeichnung GK-GOMA, vermutlich Silber mit Goldmantel, der von ihrer Tochter als Verlobungsring getragen worden war, womit die Übergabeaktion beendet war.

Am 19. April 1972 wurde ein Beschlagnahmeprotokoll verfasst, in dem alle Gegenstände aufgeführt wurden, die aus dem Haus von Anna Ballmann und der Familie Gutzeit stammten (Reisetasche und Filzhut), sowie jene, die der Täter im Haus in der Dorfstraße zurückgelassen hatte (Uniform, Stiefel, Koppel, Fußlappen). Das Beschlagnahmeprotokoll für die Gegenstände, die man Igor Galowin abgenommen hatte, fertigte die MUK Potsdam am 21. April 1972. Darunter waren sowohl die Pistolen, Magazine, Munition als auch die Gegenstände, die aus dem Tathaus stammten (zwei Hülsen, zwei Projektile, Zigarettenschachtel mit einer Kippe, ein Taschentuch, das Küchenmesser, das sich in der Tasche befand). Auch die Fahrkarte und die Einladung zum Sommerfest fanden Erwähnung. Die Beschlagnahmen wurden vom Militärgericht Potsdam am 21. beziehungsweise 24. April 1972 bestätigt. Ein Protokoll zur Beschlagnahme auf dem Grundstück der Gutzeits (Haus und Scheune) wurde erst am Montag, dem 24. April 1972 verfasst, und zwar von der MUK der BDVP Potsdam. Wie wir lesen, übergab Horst Gutzeit vor Beginn der Durchsuchung eine Rasierklinge und eine Zigarette, beide mit kyrillischen Buchstaben versehen. Bernd hatte sie am Wochenende davor auf dem Strohboden der Scheune gefunden. Eine Besichtigung dieser Stelle mit Bernd, der extra von der Schule abgeholt wurde, ergab, dass dort jemand gelegen hatte. Weitere Gegenstände wurden aber nicht aufgefunden.

Am selben Tag wurde die Tochter der getöteten Anna Ballmann noch einmal in Seehausen vernommen, diesmal vom Untersuchungsorgan des Ministeriums für Staatssicherheit. Weil es sich um eine Straftat handelte, die eine erhebliche Unruhe unter der Bevölkerung hervorrief, ermittelte auch das MfS.

Es waren weitere Gegenstände bei Galowin beziehungsweise an anderen Fluchtorten gefunden worden, zu denen Elfriede Gutzeit befragt wurde. Sie erklärte, dass alle ihr vorgelegten Dinge entweder zu ihrem eigenen oder zum Haushalt ihrer Mutter gehörten. Dank des Vernehmungsprotokolls wissen wir, dass die Fahrkarte von Blönsdorf nach Ludwigsfelde und die Eintrittskarte für das Sommerfest der Kleingartenanlage »Kameradschaft« von ihrem Ehemann benutzt worden waren. Weiterhin ging es in dem Gespräch um die Wertbestimmung der entwendeten oder verschmutzen Gegenstände, also um die materielle Schadenshöhe. Ansonsten war der Neuigkeitswert der Vernehmung gering.

Die Sicherung von Gegenständen durch formgerechte Beschlagnahmeprotokolle zu belegen, ist dringend notwendig, da Gutachter sonst Spuren, Uniformteile, Waffen, Projektile, Hülsen usw. zur Arbeitsgrundlage nehmen würden, für die es keine rechtliche Grundlage gibt. Das würde bedeuten, die Ergebnisse der Gutachten wären im Strafverfahren nicht verwertbar.

Offenbar war man in dieser Hinsicht im vorliegenden Fall etwas säumig. Das Kriminalistische Institut der Deutschen Volkspolizei in Berlin verfasste schon am 26. April 1972 mit der Tgb.-Nr. Aktenzeichen 593/72 ein *Gutachten über Spuren an Pistolen, Patronenhülsen, Projektilen, Bekleidungsgegenständen sowie über Schuhspuren und Papillarleistenspuren* (Gutachten 27/72) und sandte es an die BDVP Potsdam, konkret an den Leiter der Kriminalpolizei. Die Gutachter hatten die Spuren und Gegenstände schon bekommen, obwohl diese noch keinen Rechtsstatus besaßen. So wurden die

Beschlagnahmeprotokolle nachträglich angefertigt, um das Untersuchungsergebnis in allen Fragen im Verfahren verwerten zu können.

Den Experten stand somit umfangreiches Untersuchungsmaterial zur Verfügung:

- zwei Pistolen Makarow, Kaliber 9 mm, Nr. ГП 3484 bzw. ДА 4666,
- sechs Magazine,
- 71 Pistolenpatronen, Kaliber 9 mm (10 Patronen waren verschossen worden),
- zwei Projektile (Spuren 6 und 11),
- zwei Patronenhülsen,
- ein Taschentuch (Spur 8); die Zigarettenschachtel und die Zigaretten wurden in die Sammlung des KI aufgenommen,
- eine Uniform der sowjetischen Armee (Spur 10) gemäß Aufzählung im Gutachten,
- sechs Gipsabgüsse von Schuheindruckspuren,
- Bekleidung der Geschädigten Ballmann und Grosse gemäß Aufzählung im Gutachten,
- ein Paar schwarze Schnürstiefel für Herren und
- ein Fingerhandschuh aus braunem Gewirk.

Die zur Untersuchung vorliegenden Pistolen, Magazine und Patronen (Abb. 1 Anlagekarte zum Gutachten G 27/72 des KI, Tgb.-Nr. 593/72)

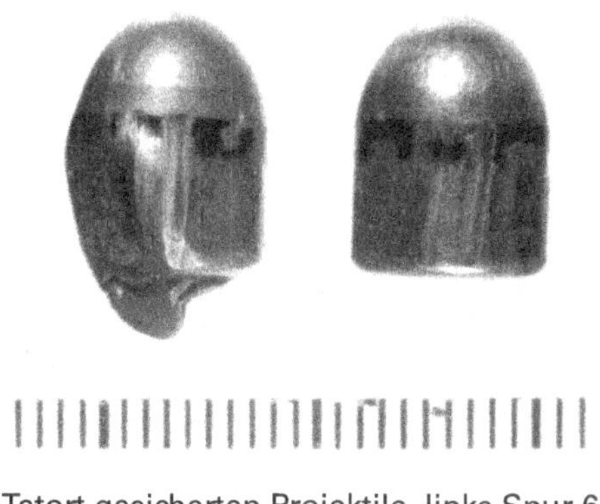

Die am Tatort gesicherten Projektile, links Spur 6, rechts Spur 11 (Abb. 8 Anlagekarte zum Gutachten G 27/72 des KI, Tgb.-Nr. 593/72)

Die beiden zur Untersuchung vorliegenden Patronenhülsen (Abb. 9 Anlagekarte zum Gutachten G 27/72 des KI, Tgb.-Nr. 593/72)

Die Gutachter des KI kamen zu folgenden Ergebnissen:

Das Projektil Spur 6 wurde aus der Pistole Makarow Nr. ДА 4666 und das Projektil Spur 11 aus der Pistole ГП 3484 verschossen.

Die beiden Pistolenhülsen wurden nicht in der gleichen Waffe gezündet; die Hülse 1 gelangte wahrscheinlich in der Pistole ГП 3484 und die Hülse 2 wahrscheinlich in der Pistole ДА 4666 zur Zündung.

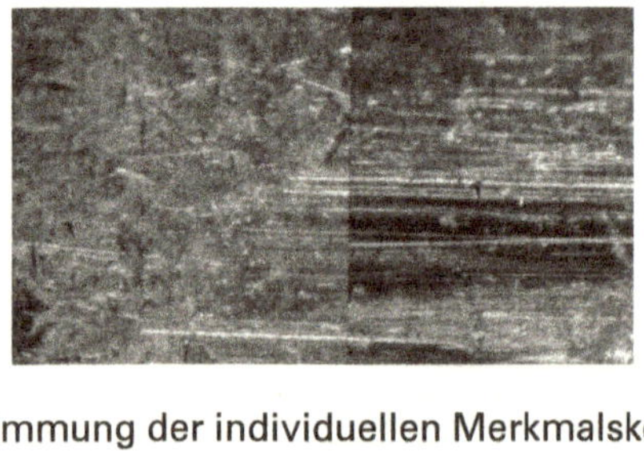

Übereinstimmung der individuellen Merkmalskomplexe in Primärspuren auf Projektil Spur 6 und einem Vergleichsprojektil, das aus der Pistole Makarow Nr. ДА 4666 verschossen wurde (Abb. 10 Anlagekarte zum Gutachten G 27/72 des KI, Tgb.-Nr. 593/72)

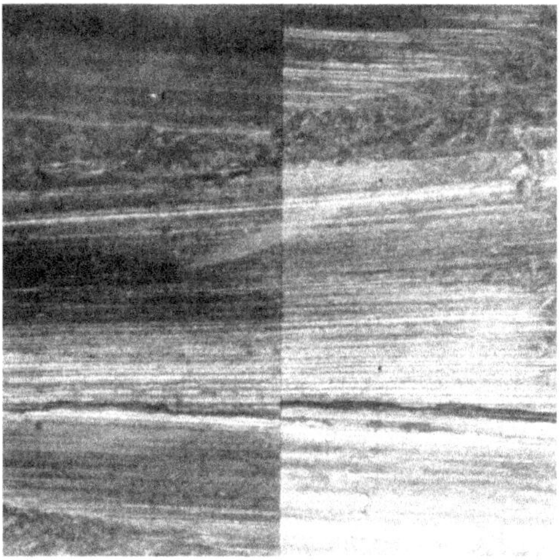

Übereinstimmung der individuellen Merkmalskomplexe in Primärspuren auf Projektil Spur 11 und einem Vergleichsprojektil, das aus der Pistole Makarow Nr. ГП 3484 verschossen wurde (Abb. 11 Anlagekarte zum Gutachten G 27/72 des KI, Tgb.-Nr. 593/72)

Gegenüberstellung der Spuren auf den Hülsenböden der Hülse 1 und einer Vergleichshülse aus der Pistole ГП 3484 (Abb. 12 Anlagekarte zum Gutachten G 27/72 des KI, Tgb.-Nr. 593/72)

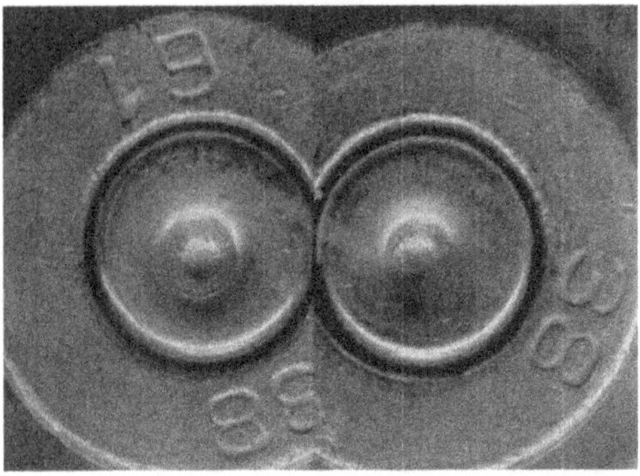

Gegenüberstellung der Spuren auf den Hülsenböden der Hülse 2 und einer Vergleichshülse aus der Pistole ДА 4666 (Abb. 13 Anlagekarte zum Gutachten G 27/72 des KI, Tgb.-Nr. 593/72)

An der Pistole Makarow ГП 3484 wurden Schafwollfasern festgestellt. Diese sind artgleich mit Fasern aus der Oberbekleidung der Geschädigten Roselinde Grosse. Diese Fasern können bei einem absoluten Nahschuss an die Waffe gelangt sein.Hinten am Verschluss der Pistole Makarow ДА 4666 konnten Menschenblutspuren mit den Gruppeneigenschaften A Gm (a+ f+) nachgewiesen werden. Das Blut stammt von einer oder mehreren weiblichen Personen und stimmt im untersuchten Merkmalsbereich mit den im Institut für gerichtliche Medizin der Humboldt-Universität zu Berlin festgestellten Merkmalen beider Geschädigten überein. Außerdem konnte Unterhautfettgewebe nachgewiesen werden, das ebenfalls weiblichen Ursprungs ist. Die Spuren entstanden sehr wahrscheinlich durch Schlagen mit der Waffe.

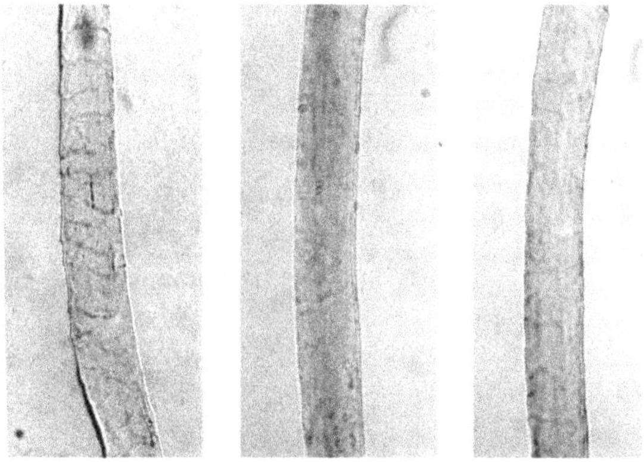

Schafwollfasern vom Verschluss der Pistole Nr. ГП 3484 (Abb. 2 bis 4 Anlagekarte zum Gutachten G 27/72 des KI, Tgb.-Nr. 593/72)

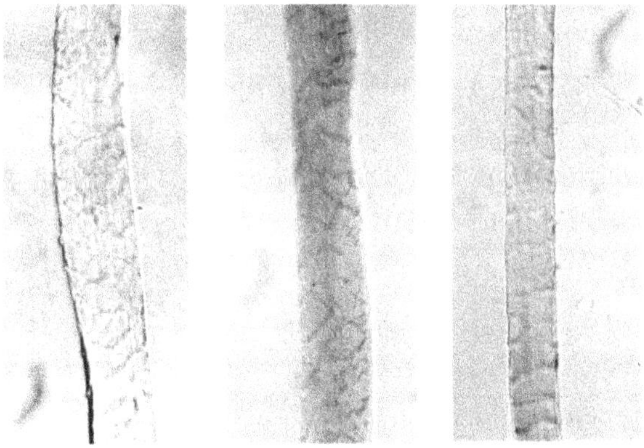

Schafwollfasern von der Oberbekleidung der Geschädigten Grosse (Abb. 5 bis 7 Anlagekarte zum Gutachten G 27/72 des KI, Tgb.-Nr. 593/72)

In der Bekleidung der Geschädigten Roselinde Grosse konnten Schussspuren festgestellt werden, die offensichtlich durch einen absoluten Nahschuss verursacht wurden. Der Einschuss befindet sich in der rechten Brustseite.

Die Bekleidung der Geschädigten Ballmann weist ebenfalls Schäden auf, die dem Aussehen nach durch einen Schuss entstanden sein können. Nahschussspuren waren nicht vorhanden. Eine exakte Aussage über Ein- und Ausschuss anhand der Bekleidung kann nicht getroffen werden.

Das Paar schwarzer Stiefel (befand sich bei der Uniform) scheidet als Spurenverursacher für die gesicherten Schuheindruckspuren aus. Die Schuheindruckspuren können von den vorliegenden Schnürstiefeln verursacht worden sein.

Die Papillarleistenspuren (Spur 8) wurden nicht von Galowin verursacht.

An dem Uniformmantel (linker Ärmel) konnten Menschenblutspuren weiblicher Herkunft nachgewiesen werden. Am Stiefel konnte der Nachweis von Menschenblut erbracht werden; am Absatz waren außerdem die Serumgruppen Gm (a+ f+) nachweisbar. Diese Serumgruppen besitzen nach den Angaben des Instituts für gerichtliche Medizin der Humboldt-Universität zu Berlin auch die beiden Geschädigten.

Übersichtsaufnahme der Uniform. Die Pfeile weisen auf die Lage der untersuchten Blutspuren. (Abb. 18 Anlagekarte zum Gutachten G 27/72 des KI, Tgb.-Nr. 593/72)

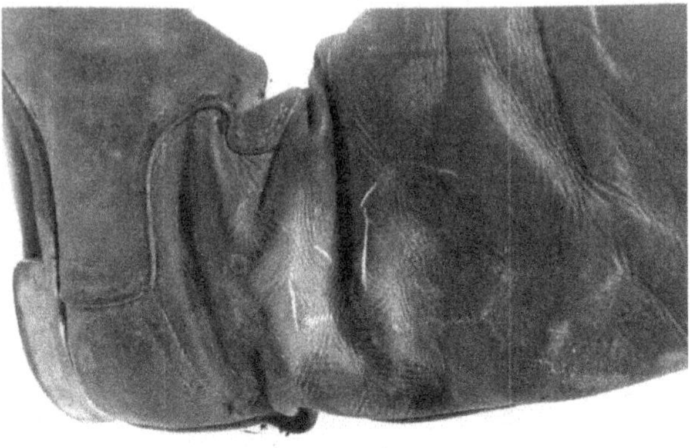

Teilansicht des rechten Stiefels, die eingezeichneten Bereich konnten substanzarme Menschenblut-Wischspuren nachgewiesen werden. (Abb. 21 Anlagekarte zum Gutachten G 27/72 des KI, Tgb.-Nr. 593/72)

Absatz des rechten Stiefels. Die Lage der Blutspur ist durch die hellere bzw. am Eisenbeschlag dunklere Färbung erkennbar. (Abb. 22 Anlagekarte zum Gutachten G 27/72 des KI, Tgb.-Nr. 593/72)

An der Uniform konnten keine Faserspuren aus der Kleidung der Geschädigten festgestellt werden.

Der Raucher der Zigarette (Spur 9) ist ein starker Ausscheider von A-Blutgruppensubstanz. Die Untersuchung der mit »Galowin, Igor« bezeichneten Vergleichsblutprobe ergab, dass die Person, von der das Blut stammt, die Blutgruppenzugehörigkeit A besitzt. Im Vergleichsspeichel waren A-Blutgruppensubstanzen in ebenfalls hoher Konzentration enthalten. Es handelt sich demzufolge, wie auch beim Raucher der Zigarette, um einen starken Ausscheider.

Bestätigt wurde das Gutachten von Dr. Petraneck, Major der K, unterzeichnet von:

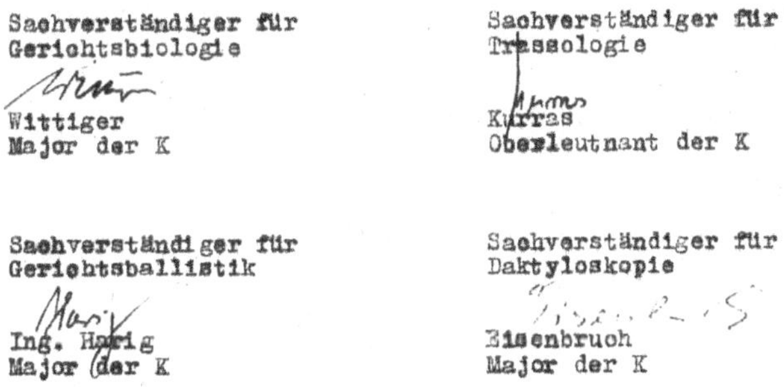
Sachverständiger für
Gerichtsbiologie
Wittiger
Major der K

Sachverständiger für
Trassologie
Kurras
Oberleutnant der K

Sachverständiger für
Gerichtsballistik
Ing. Harig
Major der K

Sachverständiger für
Daktyloskopie
Eisenbruch
Major der K

Die schon zitierten Gerichtsmediziner Wolfgang Reimann und Otto Prokop schrieben zum Phänomen der Ausscheider oder Sekretoren: »Kriminalistisch wichtig ist die Tatsache, dass die AB0-Gruppeneigenschaften auch im Speichel, Sperma, Magensaft und Urin nachgewiesen werden können. Hier ist die wasserlösliche Gruppensubstanz im Mittel 200-mal höher konzentriert als die Gruppensubstanz an den Erythrozyten, aber nur bei 80 Prozent aller Menschen, den Ausscheidern.« Galowin war also ein Sekretor.

Am 25. April 1972 wurden der komplette Vorgang von der Anzeige bis zu einem Zettel des Soldaten Galowin sowie ein Teil der vorgangsbezogenen Gegenstände (außer die beim KI vorhandenen) durch die Untersuchungsabteilung des MfS an die Militäroberstaatsanwaltschaft übergeben, mit der Bitte um Weiterleitung an die sowjetische Militärstaatsanwaltschaft. Am 29. April 1972 erfolgte die Übergabe des KI-Gutachtens, 30 Blatt, und der Beweismittel, wieder mit der Bitte, dies der sowjetischen Militärstaatsanwaltschaft auszuhändigen. Am 8. Mai 1972 erhielt die Militäroberstaatsanwaltschaft vom MfS-Untersuchungsorgan die Duplikatakte, bestehend aus 177 Blatt. Damit war der Vorgang für die DDR-Behörden abgeschlossen.

Natürlich war es für das MfS von Interesse, wie diese grausame und heimtückische Tat eines sowjetischen Soldaten von der Bevölkerung aufgenommen wurde. Der Leiter der Kreisdienststelle Jüterbog des MfS meldete dem Zentralen Operativstab des MfS schon am 18. April 1972 um 12.30 Uhr, dass der größte Teil der Bevölkerung der Meinung sei, dass die Tat zu verurteilen sei. Alle Äußerungen richteten sich aber ausschließlich gegen den Täter und nicht gegen die gesamte Sowjetarmee. Auch die nächsten Angehörigen der Opfer betrachten das Vorkommnis als eine Einzeltat, ohne dies auf die gesamte Sowjetarmee zu verallgemeinern. »Feindliche oder negative Diskussionen wurden im Zusammenhang mit diesem Vorkommnis nicht bekannt«, heißt es abschließend.

Ein weiterer Bericht folgte um 16.30 Uhr desselben Datums. Auch darin lesen wir, dass feindliche beziehungsweise negative Diskussionen oder Argumente in Seehausen und Umgebung nicht bekannt seien.

In einem weiteren Bericht vom 21. April 1972 wurde allerdings vermerkt, dass ein Genossenschaftsbauer der LPG Niedergörsdorf durch »abfällige Bemerkungen die Freunde in den Schmutz treten wollte«. Die Freunde, das waren für viele DDR-Bürger die Menschen aus der UdSSR - die Befreier. Dieser Bauer wurde von den anderen sofort und einhellig in die Schranken verwiesen. Sie brachten zum Ausdruck, dass es Menschen, die eine solche Tat begehen, überall gab.

Auch über die Trauerfeierlichkeiten für die beiden Opfer berichtete der Leiter der Kreisdienststelle Jüterbog des MfS. Die Beisetzung von Anna Ballmann fand am 21. April 1972 um 13 Uhr in der Kirche und auf dem Friedhof in Seehausen statt. 120 Personen nahmen daran teil. Die Trauerrede hielt ein Pastor aus Zahna im Kreis Wittenberg, da der für die Gemeinde zuständige Pfarrer über den Mord an Anna Ballmann zu entsetzt und ergriffen war – sie hatte zu den treuesten Kirchengängerinnen gehört. Zwei Stunden später wurde die Trauerfeier für Roselinde Grosse abgehalten, an der ungefähr hundert Personen teilnahmen. Es sprach ein Genosse Werner vom Rat des Kreises Jüterbog. Eine kirchliche Bestattung wurde von den Verwandten abgelehnt.

Am 3. Oktober 1973 unterschrieb Oberstleutnant Eismann von der Hauptabteilun (HA) IX/7 des MfS, also von der kriminalistischen Untersuchungsabteilung, die *Abverfügung zur Archivierung*: Die 269 Blatt umfassende Akte von Igor Alexejewitsch Galowin war zu archivieren, weil die Untersuchung abgeschlossen war. Damit war der Fall für die DDR im wahrsten Sinne des Wortes ad acta gelegt. Schon am 20. Juli 1972 waren einige Protokolle und Berichte zur Doppelmordsache Ballmann und Grosse, wahrscheinlich Duplikate, vernichtet worden: eine Grundrissskizze vom Tatort, die Anlagekarte (Bildbericht) zum Tatort mit 23 Aufnahmen, die Lageskizze, die Anlagekarten zum Fund der Patronenhülsen mit drei Aufnahmen, die Anlagekarten zur Obduktion mit 14 Aufnahmen und eine Kopie vom Übergabeprotokoll des sowjetischen Soldaten Galowin an die sowjetische Kommandantur Jüterbog.

Aber im Gedächtnis der Menschen, die damals in welcher Form auch immer darin verwickelt waren, werden diese Vorfälle ein Leben lang bewahrt bleiben. Verwandte und Freunde der beiden Opfer können sie ohnehin nicht vergessen. »Alles kommt wieder zum Vorschein in der Erinnerung, wenn man zu graben anfängt, und es stellt sich heraus, dass nichts verlorengegangen ist«, schrieb der sowjetische Schriftsteller Juri Trifonow in seiner berührenden Erzählung *Der Alte*. Man versucht vielleicht etwas zu vergessen oder zu verdrängen, weil man es loswerden will, aber das gelingt nicht immer.

Die einstigen Akteure aus Seehausen bei Jüterbog

sind älter geworden. Die Tage, so Juri Trifonow, verschwimmen dann immer mehr mit den Erinnerungen. »Und aus dem Leben wird etwas Merkwürdiges, Doppeltes: Es gibt ein tatsächliches Leben und ein anderes, illusionäres, ein Produkt des Gedächtnisses, und beide existieren nebeneinander. Wie ein doppeltes Bild in einem defekten Fernsehgerät … Was ist das Gedächtnis? Ein Segen oder eine Last?«

Nach mehr als 45 Jahren muss jeder die Frage für sich selbst beantworten. Für alle Bürger dieser Gegend, für die Kriminalisten, Polizisten und Staatsanwälte war es ein Segen, dass Galowin schnell gefasst werden konnte und die nicht ganz professionelle Festnahme weitere Todesopfer verhinderte. Die Angehörigen der Opfer werden sich immer quälend, aber vielleicht doch durch die Zeit versöhnt an die Menschen erinnern, die ihnen lieb und teuer waren und so plötzlich und hinterhältig aus dem Leben gerissen wurden.

Und Igor Galowin, der entsetzlich schuldig gewordene Mörder aus der Stadt Kirowgrad im Gebiet Swerdlowsk, wird sich diese Frage nach seinen Erinnerungen nicht mehr stellen können; er wurde mit Sicherheit zum Tode verurteilt und hingerichtet. Wann und wo genau das geschah und auf der Grundlage welchen Urteils, war anhand des Aktenmaterials leider nicht zu ermitteln. Es sollte wahrscheinlich auch keiner in der DDR wissen. So weit ging die vielbeschworene Freundschaft nun doch nicht.

## Mord im Buchholz

Parchim 1984

»Schornsteinfeger, Gasmaske, Kohlenmann, Kohlenklau, een Hus achter wohnt de Slachter, een Hus wieder wohnt de Snider, een Hus vörder wohnt de Mörder.« Der Schriftsteller Hubert Fichte aus der alten BRD hat in seinem Roman *Das Waisenhaus*, der zu Zeiten des Zweiten Weltkriegs spielt, diesen Abzählreim erwähnt, der eine seltsame Mischung aus Hoch- und Niederdeutsch ist und in Norddeutschland bekannt war. Wir begeben uns nun ebenfalls in eine norddeutsche Gegend, genauer in der Kreisstadt Parchim im damaligen Bezirk Schwerin und heutigen Mecklenburg-Vorpommern. Das Kriegsende lag schon 39 Jahre zurück, und der Mörder wohnte nicht im Haus vorne, sondern kam wie besessen scheinbar aus dem Nichts. Und obwohl er beim Militär war, hatte er keine Gasmaske auf …

Am 3. Juli 1984, einem Dienstag, wurde in Parchim die 14-jährige Schülerin Ilona Reichenberger vergewaltigt. Die Kriminalpolizei des VPKA Parchim leitete nach Bekanntwerden des Sachverhaltes umgehend ein Ermittlungsverfahren unter der Tgb.-Nr. 300/1984 ein, konnte den Täter aber zunächst nicht fassen. Die Ereignisse überschlugen sich von da an in der sonst so beschaulichen Kleinstadt Parchim.

Vier Tage später, am 7. Juli 1984, feierte Anton Nagelsmann seinen vierten Geburtstag. An diesem Sonnabend waren Diana Schumann, das vierjährige Kind einer Gartennachbarin, und die kleine Marie-Luise Gutknecht zu seinem kleinen Fest eingeladen. Marie-Luises Eltern hatten die Kinder zur Feierstätte gebracht, und später wollten sie sie wieder abholen. Das Fest verlief harmonisch und ohne Vorkommnisse, es gab Selterskuchen, der in der DDR bekanntlich sehr beliebt war. Irgendwann wollten die Kinder auf den Spielplatz gehen, und so verließ Antons Mutter Marion mit den dreien gegen 16.30 Uhr ihren Garten. Sie gingen zum nahe gelegenen Maiplatz an der Freilichtbühne im Parchimer Buchholz.

Die Sonne schien ohne Unterlass, so dass die Feier auf dem Spielplatz einen schönen Abschluss finden würde. Die Kinder spielten ausgelassen und friedlich und wollten noch auf den kleinen Berg hinauf. Marion Nagelsmann erlaubte es ihnen – was sollte schon passieren in diesem Paradies?

Als die Kinder gerade einen Augenblick lang oben waren, sah Marion Nagelsmann einen Mann aus Richtung des Kletterbaums kommen, den sie nicht kannte und der ihr unheimlich vorkam. Sie bekam einen großen Schreck und fürchtete sich, weil sie ganz allein mit den Kindern war und die Situation sehr bedrohlich wirkte. Sie rief: »Kommt runter, kommt runter, wir gehen schnell nach Hause!« Die drei Kinder kamen sofort, und gemeinsam liefen sie in Richtung des Nagelsmann'schen Grundstücks. Sie beeilten sich, denn der Unbekannte schien sie zu verfolgen.

Je näher er kam, desto mehr ängstigte sich Marion

Nagelsmann und mit ihr die Kinder. Der Mann hatte stechende Augen, einen kalten und schiefen Blick – Marion Nagelsmann sah seine Augen als Spiegelbild seiner bösen Seele. Zudem sprach er nicht, sondern kam wortlos und mit bedrohlicher Ausstrahlung näher und immer näher. Wenn er doch wenigstens etwas sagen würde …

Marion Nagelsmann schaute instinktiv auf die Uhr. Als könnte es die Situation irgendwie verbessern, die genaue Zeit zu wissen. Es war 17.10 Uhr. Die junge Frau wollte zum Garten, der am Buchholzfeld zur Kastanienallee gelegen war. Sie bekam nur zwei Kinder zu fassen, und Diana lief hinterher. »Schnell, schnell«, rief Marion Nagelsmann den Kindern zu, »das ist ein böser Mann! Er will uns was tun!« In ihrer Angst war ihr die Situation plötzlich klargeworden: Der Mann wollte sie vergewaltigen!

Der Unbekannte sprach noch immer kein Wort und beschleunigte seinen Lauf, so dass er bis auf ungefähr drei Meter an die Gruppe herankam. Und dann passierte das Unglück. Diana fiel hin. Alle Kinder schrien. Marion Nagelsmann stand so unter Schock, dass sie nur mit den beiden an ihrer Hand weiterlief.

Als sie sich umschaute, sah sie, wie sich der Mann über Diana beugte und sie hochhob. Im Laufschritt entfernte er sich, die weinende, schreiende und heftig strampelnde Diana vor sich hertragend, in die Richtung, aus der er gekommen war. Marion Nagelsmann verharrte wie gelähmt, als ob sie etwas Unwirkliches, Grauenhaftes beobachtet hätte und als ob die Zeit stehengeblieben wäre. Dann sah sie die beiden nicht mehr. Und ihr war, als wäre die Geschichte nun zu Ende, aber sie wusste natürlich, wieder zur Besinnung gekommen, dass ihre Geschichte gerade erst begann.

Sie hatte sich ihrem Gartengrundstück vielleicht bis auf 30 oder 40 Meter genähert, da schrie sie laut um Hilfe: »Das Kind ist entführt worden! Hilfe!«

Aus einem Eigenheim in der Kastanienallee stürzte eine Frau heraus. Sie ließ sich kurz informieren und lief zurück ins Haus, um umgehend die Volkspolizei telefonisch zu alarmieren. Die Frau nahm Anton und Marie-Luise mit in ihr Haus, wo sie in Sicherheit waren. Danach kam sie wieder heraus und meinte: »Oh, Gott, was ist bloß passiert? Ich habe die Schreie der Kinder ja gehört. Entsetzlich, entsetzlich.« Und nach einer Pause: »Wie sah das Schwein denn aus?«

Marion Nagelsmann war sehr, sehr aufgeregt, sie zitterte am ganzen Leib. Sie meinte, dass er groß sei, glattes, seitlich gekämmtes dunkelbraunes Haar habe und ein dunkelblaues Jackett und dunkle Hosen tragen würde. Sein Hosenschlitz habe wohl offen gestanden und etwas Kariertes herausgehangen, vielleicht sein Hemd, das er unter dem Jackett trug.

»Oh, Gott«, wiederholte die Nachbarin, »hatte er seinen …, Sie wissen schon, herausgeholt?«

»Nein, nein, das hat er nicht gemacht. Aber sein Gesicht … Seine Augen waren stechend, berechnend. Als wenn er etwas vorhätte, einen düsteren Plan verfolgte.« Nun brach Marion Nagelsmann wieder in Tränen aus.

Ein Nachbar, Herbert Schulze, kam aus seinem Haus.

Er hatte wohl auch die Schreie gehört, und alle drei liefen jetzt in die Richtung, aus der Marion Nagelsmann gekommen war – um Diana zu suchen. Aber sie fanden sie nicht. Urplötzlich sagte Elvira Schneidereit, die Frau, die die Volkspolizei informiert hatte: »Ich sehe etwas dort hinten im Busch. Kommt, wir laufen schnell zurück. Der Mann kann ja noch in der Nähe sein.«

Ohne nachzudenken, gingen sie zurück. Kurz nachdem sie das Haus erreicht hatten, traf die Volkspolizei ein. Die Polizisten sprachen mit Frau Schneidereit, und Marion Nagelsmann bat darum, ihren Mann zu informieren und zu holen. Frau Schneidereit begab sich mit den Volkspolizisten zum Ort des Verbrechens, und die Volkspolizisten fanden Diana. Sofort danach kam der Krankenwagen. Eine Ärztin stellte den Tod des Mädchens fest.

Eine Anzeige wegen des Verdachts einer vorsätzlichen Tötung wurde am 7. Juli 1984 um 18 Uhr von der Kriminalpolizei des VPKA Parchim aufgenommen, und zwar unter der Tgb.-Nr. 348/84. Oberleutnant der K Schilke bezog sich dabei auf den Anruf von Elvira Schneidereit, die mitgeteilt hatte, dass einer Bürgerin ein Kind von einem unbekannten Mann entführt worden sei. Eine Einleitung des Ermittlungsverfahrens gegen Unbekannt folgte sofort danach, weil die Umstände des Auffindens des Kindes den Verdacht begründeten, dass das Mädchen ermordet worden war.

Marion Nagelsmann und weitere Zeugen konnten diese männliche Person gut beschreiben, so dass sofort eine *Großfahndung/Eilfahndung – unbekannt* eingeleitet werden konnte: 17.30 Uhr Einsatzalarm VPKA Parchim; 18.55 Uhr Großfahndung für VPKA Parchim; 19.40 Uhr Großfahndung VPKÄ Perleberg, Ludwigslust, Schwerin, Lübz, Transportpolizei Schwerin, Ludwigslust und Wittenberge; alle anderen Dienststellen im Bezirk Schwerin Eilfahndung; 19.45 Uhr VPKA Pritzwalk Großfahndung.

Marion Nagelsmann wurde am 7. Juli 1984 von 22 bis 1.30 Uhr in der Nacht im VPKA Parchim von einem Hauptmann der K vernommen, dessen Unterschrift wir nicht entziffern können. Und noch in derselben Nacht fanden zwei Wahlgegenüberstellungen statt. In der ersten Gruppe erkannte Marion Nagelsmann die Nummer 1 als die Person, die das Kind verschleppt hatte, und in der zweiten Gruppe die Person mit der Nummer 4. Um welche Personen es sich handelte und ob es ein und dieselbe war, geht aus dem Protokoll nicht direkt hervor, aber aus ihrer Aussage. Nach dieser war der »Täter, der das Kind entführt hat«, die Nummer 1 und 4. Sie machte das an der Bekleidung, an den Haaren, an der Figur und an den Augen fest. Und sie sagte: »Während alle anderen Personen, die ich also nicht als Täter bezeichnet habe, frei und geradeaus geschaut haben, fiel mir auf, dass dieser, als er mich sah, zur Seite und etwas nach unten schaute.«

In Gegenwart seiner Mutter wurde auch ihr Sohn befragt, der, wir erinnern uns, erst vier Jahre alt war. Er sagte aus, dass der fremde Mann groß war, eine graue Hose und eine graue Jacke trug, deren Farbtöne aber unterschiedlich waren. Besonders war ihm eine schwarze Fliege am Hemdkragen aufgefallen. Das Gesicht des Mannes war blass, und er trug schwarze Schuhe. Die Ohren waren zu sehen und standen ab. Das war eine recht brauchbare Beschreibung von Anton. Kinder sind eben sehr gute Beobachter.

In der Nacht vom 7. zum 8. Juli 1984 (von 0.10 bis 1.30 Uhr) wurde Elvira Schneidereit von der Kriminalpolizei des VPKA Parchim zeugenschaftlich vernommen. Sie war 36 Jahre alt und arbeitete als Buchhalterin im Staatlichen Forstwirtschaftsbetrieb Parchim. Sie bestätigte zunächst die Aussagen von Marion Nagelsmann, aber ein paar Details schilderte sie doch anders. Als sie mit Marion Nagelsmann und Herbert Schulze nach Diana gesucht habe, habe sie aus 40 Metern Entfernung gesehen, dass sich im Unterholz des Buchenwaldes etwas bewegte. Sie konnte erkennen, dass sich ein Mann in kniender Position an einem Kind zu schaffen machte und dass sich die gespreizten Beine des Kindes bewegten. Schreie oder andere Laute des Kindes nahm sie nicht wahr. Elvira Schneidereit wies ihre Begleiter darauf hin, dass sich dort im Unterholz etwas bewegte, aber diese sahen angeblich nichts. Da die Volkspolizei nicht am Ort des Geschehens erschien, ging sie ihren Wahrnehmungen nicht nach, rannte nach Hause und informierte nochmals die Volkspolizei. Frau Nagelsmann und Herr Schulze seien ihr gefolgt.

Als zwei Volkspolizisten in einem Pkw Wartburg eintrafen, stiegen Frau Schneidereit und Herr Schulze in den Wagen und zeigten den Polizisten die Stelle, an der Elvira Schneidereit ihre furchtbare Beobachtung gemacht hatte. Sie liefen ins Unterholz – und fanden das Kind genau dort, wo der Mann mit dem Mädchen zuvor gesehen worden war. Ein Volkspolizist lief zum Auto zurück und gab per Funk die Mitteilung, dass sie das Kind gefunden hatten.

Frau Schneidereit sagte den VP-Angehörigen nach dem Auffinden des Kindes noch, dass die Frau, die es so grausam verloren habe, bei ihr auf der Terrasse sitze; sie sollten ihr doch bitte Bescheid geben. Dass dies geschah, hörte sie aus einiger Entfernung. Marion Nagelsmann habe laut geschrien, und der Schrei habe gar nicht aufhören wollen.

Auf die Fragen, warum sie dem Kind nicht geholfen habe, sagte die Zeugin Schneidereit laut Protokoll wörtlich: »Ich war zum Zeitpunkt meiner Feststellung sehr aufgeregt und fühlte mich auch nicht in der Lage, dort einzugreifen, zumal Herr Schulze nichts sah und wir auf die VP warteten.« Eine Beschreibung des unbekannten Mannes konnte sie in der Vernehmung nicht geben, da sie ihn nur aus der Entfernung und von hinten gesehen hatte. Sie erinnerte sich nur an eine dunkelblaue Jacke.

Mit Elvira Schneidereit und Marion Nagelsmann wurden am 8. Juli in den frühen Morgenstunden Rekonstruktionen durchgeführt, bei denen die Zeuginnen ihre Aussagen bestätigten und dabei die genauen Örtlichkeiten und Bewegungsrichtungen präzisierten.

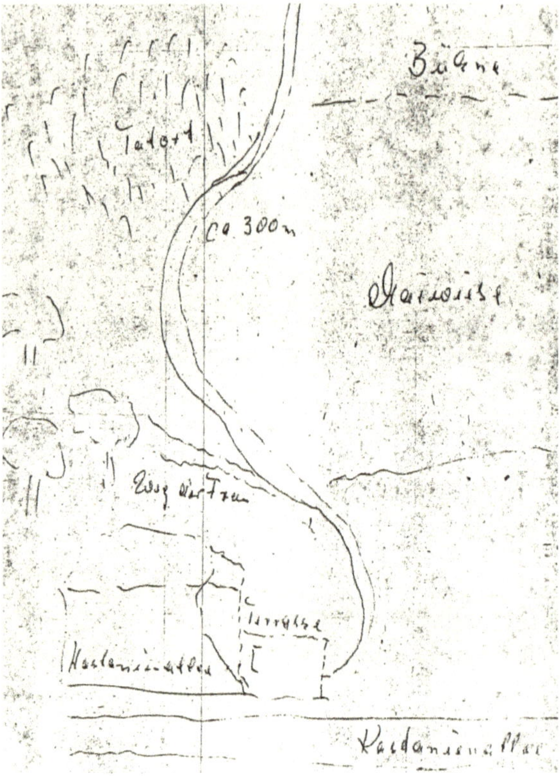


Die Skizze von Elvira Schneidereit zeigt die örtlichen Verhältnisse und den »Weg der Frau«, Zeugenvernehmung vom 7. Juli 1984

Bereits zuvor waren im Zuge der Ermittlung von Zeugen mehrere Personen befragt worden. So begann die Vernehmung von Herbert Wagenknecht am 7. Juli um 20.44 Uhr im VPKA Parchim. Er war Direktor des Molkerei- und Käsewerks Lübz, wohnte in Parchim und hatte zusammen mit seiner Ehefrau einen Garten in der Sparte »Hoffmannsruh« gepachtet, genau gegenüber dem Haus von Elvira Schneidereit in der Kastanienallee und direkt am Buchholz. Gegen 17.40 Uhr hatten er und seine Frau den Garten verlassen, um Brennnesseln zu sammeln, denn sie wussten, dass sich circa 300 Meter von ihrem Garten entfernt, in der Umfriedung der Freilichtbühne, ein Brennnesselherd befand. Beide hatten eine unbekannte männliche Person in einer Entfernung von drei bis vier Metern gesehen. Die Person beachtete das Ehepaar Wagenknecht aber nicht, lief sehr schnell und verschwand in Richtung Slater Moor. Nach ungefähr 300 Metern konnten sie den Mann nicht mehr erblicken.

Die Personenbeschreibung des Zeugen Wagenknecht deckte sich mit den Angaben der anderen Zeugen. Er hatte sofort den Eindruck, »dass es sich um keinen Bürger der DDR handelte«. DDR-Bürger hätten eine ganz andere Anzugsordnung. Es musste sich um einen sowjetischen Staatsbürger handeln, da war sich das Ehepaar sicher. »Der Gesichtsausdruck ist nach meiner Ansicht slawisch.« Herbert Wagenknecht betonte noch, dass das natürlich sein persönlicher Eindruck war. Auch ihm wurden nach seiner Vernehmung sechs männliche Personen gegenübergestellt. Er erkannte gleich die unbekannte männliche Person, die er zuvor gegen 17.50 Uhr im Buchholz an der Freilichtbühne gesehen hatte …

Seine Ehefrau Gerda Wagenknecht bestätigte alle seine Aussagen und erkannte den Mann in einer Wahlgegenüberstellung auch wieder. Beide fertigten Skizzen vom Ort des Geschehens an.

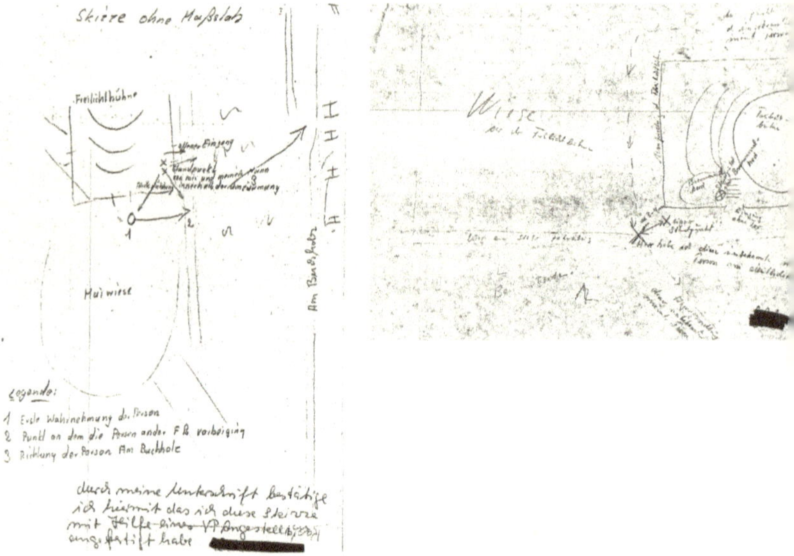


Skizzen von Gerda und Herbert Wagenknecht vom 7. Juli 1984

Am Grundstück der Zeugen Wagenknecht; der Weg des Tatverdächtigen, als er an ihnen vorbeiging, ist eingezeichnet.

Ebenfalls als Zeuge wurde am 7. Juli 1984 von 22.30 bis 23.40 Uhr ein junger Vater aus Parchim vernommen, der als Gärtner in der ortsansässigen GPG »Flora« arbeitete. Hier das Protokoll: *Am heutigen Tage bin ich zusammen mit meinem zweijährigen Sohn spazieren gegangen. Wir haben so gegen 15.30 Uhr die Wohnung verlassen und hatten die Absicht, den Parchimer Buchholz aufzusuchen. Ich kann jetzt allerdings keine genauen Zeiten nennen und weiß demzufolge auch nicht, wann ich dort im Buchholz angekommen bin. Wir sind langsam gegangen, und zwar durch die Karl-Marx-Straße, den Südring entlang bis zum Buchholz. Hier bin ich am Rande der Gartenanlage entlanggegangen, und zwar hatte ich rechts die Gartenanlage und links den Wald. In Höhe des Maiplatzes bog ich dann nach links ein, der Weg führt genau zur Freilichtbühne. Ich hatte keine Uhr bei mir und möchte demzufolge auch keine genaue Uhrzeit schätzen, es wird aber so zwischen 16.00 Uhr bis 16.45 Uhr gewesen sein, als ich in den Weg zur Freilichtbühne einbog. Ich muss schon kurz vor dem Maiplatz und der Freilichtbühne gewesen sein und schätze, dass es von meinem Standort aus bis zur Bühne circa 20 bis 30 Meter gewesen sind. Am Rande des Maiplatzes stehen Bänke, und ich war von der ersten Bank circa 10 Meter entfernt, als ich lautes Rufen hörte. Ich wurde aufmerksam und sah, dass am Rande des Platzes, in Nähe der Bänke, mehrere Kinder durcheinanderliefen. Die Kinder liefen meiner Meinung nach weg und zwar in Richtung Stadt. Was sie nun dabei riefen, konnte ich nicht verstehen. Ich blieb zunächst erst einmal stehen und beobachtete die Kinder. Es waren zwei oder drei Kinder, die dort fortliefen, und einen Erwachsenen habe ich nicht wahrgenommen. Plötzlich sah ich einen Mann, der ein kleines Kind unter dem Arm trug. Wie dieser Mann nun zu diesem Kind gekommen ist, ob er es schon ergriffen hatte, als ich aufmerksam wurde, oder ob er es erst später ergriff, das kann ich nicht mehr sagen. Ich schätze ein, dass dieser Mann von mir circa 100 Meter entfernt war, als er das Kind davontrug. Dazu muss ich aber sagen, dass die Kinder und auch der Mann sich zu diesem Zeitpunkt auf dem Maiplatz aufhielten, und dort stehen keine Bäume. Die Sicht war also gut, und ich konnte ungehindert sehen. Dieser Mann entfernte sich mit dem Kind zur anderen Seite des Platzes und verschwand dort im Wald. Ich möchte sagen, dass dieser Mann mit dem Kind sehr schnell lief und er schon nach einer Minute im Wald verschwunden war.*

*Als der Mann mit dem Kind im Walde verschwunden war, waren auch die anderen Kinder nicht mehr zu sehen, sie waren in die andere Richtung fortgelaufen. Während dieser Mann das Kind in den Wald trug, schrie es ununterbrochen und laut. Noch als ich den Mann überhaupt nicht mehr sehen konnte, hörte ich das Kind schreien. Das Kind schrie noch, als inzwischen eine Gruppe Erwachsener, es waren zwei Frauen und ein Mann, auftauchte und ebenfalls in die Richtung der Schreie gingen. Nach Verschwinden des Mannes im Wald hörte ich das Kind noch mindestens zwei bis drei Minuten schreien. Da ich mir nun schon dachte, dass hier irgendetwas nicht in Ordnung ist, blieb ich stehen und wartete. Zuerst war ich der Meinung, dass ein Vater sein Kind zurückholte, welches wohl fortgelaufen sei, aber als das Kind immer weiter schrie, wurde mir doch merkwürdig zumute. Erwähnen möchte ich noch, dass es sich um kleine Kinder handelte, die dort herumliefen, und auch das Kind, welches der Mann unter dem rechten Arm forttrug, war höchstens vier bis fünf Jahre, eher noch jünger.*

*Frage: Wie können Sie den Mann beschreiben, der mit einem Kind unter dem Arm in den Wald lief?*

*Antwort: Dazu muss ich noch einmal sagen, dass der Mann circa 100 Meter von mir entfernt war, als er mit dem Kind in den Wald lief. Er lief in seitlich schräger Richtung von mir fort, so dass er mir nicht näher kam. Ich sah auch fast ausschließlich die rechte Seite des Mannes und möchte ihn wie folgt beschreiben.*

*Bekleidung: Hier kann ich nur sagen, dass mir die Jacke in Erinnerung ist, die dieser Mann trug. Es handelte sich um ein blaues Jackett, richtig kräftiges dunkles Blau. Weiter kann ich zur Bekleidung nichts sagen, da das Gras dort auch sehr hoch ist. Eine Kopfbedeckung trug der Mann nicht.*

*Personenbeschreibung: Es handelte sich um einen schlanken Mann, der um die 170 Zentimeter groß ist. Meiner Meinung nach war es noch ein jüngerer Mann, so 18 bis 20 Jahre alt. Seine Haare waren dunkelblond, und sie waren glatt. Er hatte keine langen Haare, aber ganz genau zum Gesicht kann ich nicht viel sagen, ich sah es nur von der Seite und ich habe den Eindruck, dass er ein etwas schmales Gesicht hatte. Mit Sicherheit kann ich sagen, dass dieser Mann keinen Bart trug.*

*Weitere Angaben zur Personenbeschreibung kann ich*

*nicht geben, genauer habe ich es nicht gesehen. Ich weiß auch nicht, ob ich diesen Mann wiedererkennen würde, wenn ich ihn nochmals sehe. In Erinnerung ist mir noch, dass dieser Mann keinerlei Gegenstände wie Taschen oder Beutel mit sich führte, und ich habe ihn auch nicht rufen oder sprechen gehört.*

*Weitere Angaben zum Sachverhalt kann ich nicht machen. Erwähnen möchte ich noch, dass ich weitere Personen zu diesem Zeitpunkt dort in der Nähe nicht wahrgenommen habe, und auch diesen Mann habe ich zuvor dort im Buchholz nicht gesehen.*

*Ich habe das Protokoll der Vernehmung selbst gelesen. Es entspricht in allen Teilen den von mir gemachten Angaben und wurde inhaltlich richtig niedergeschrieben.*

Der junge Vater, den wir hier Frank Werner nennen wollen, unterschrieb das Protokoll, wie auch Leutnant der K Tramp von der Kriminalpolizei des VPKA Parchim.

Auch der Zeuge Günter Grellmann hatte den Unbekannten gesehen, weshalb er noch in der Nacht zum 8. Juli vernommen wurde. Er hatte auf seinem Grundstück Betonierungsarbeiten durchgeführt, als der ihm nicht bekannte Mann schnellen Schrittes vorbeigegangen war. Günter Grellmann schätzte die Zeit auf 18 Uhr. Die Person kam aus Richtung Buchholz und ging rasch in Richtung Wohnhaus Sauerbrey. Dieses Haus befand sich gegenüber dem Weg, der nach Parchim führt, und lag hinter einem kleinen Wäldchen. Herr Grellmann und seine Frau Anna, die den Mann gleichfalls gesehen hatte, skizzierten die Wege und örtlichen Verhältnisse. Ihre Personenbeschreibungen deckten sich mit den Aussagen der anderen Zeugen. Bei der Wahlgegenüberstellung erkannten sie den Mann zweifelsfrei wieder.

Merkwürdig war, dass der Mann über den Acker an dem Grundstück vorbeigegangen war, also keinen öffentlichen Weg benutzt hatte. Auch auf dem normalen Weg kamen nur ganz selten Leute an dem Grundstück vorbei, so dass das ungewöhnliche und unheimliche Beobachtungen für die Grellmanns waren.

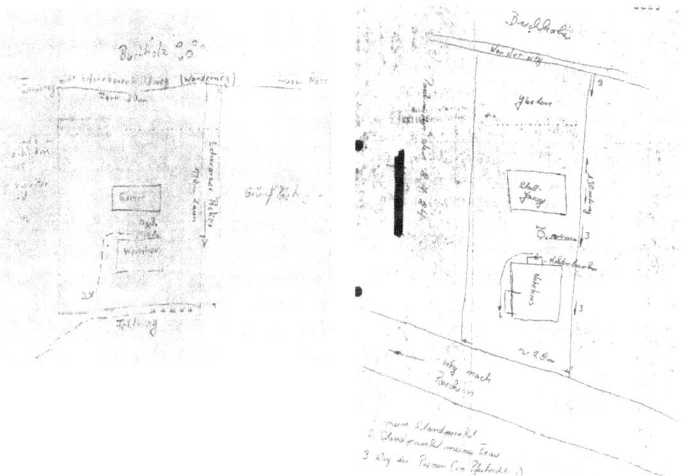

Skizzen von Anna und Günter Grellmann vom 7. bzw. 8. Juli 1984

Natürlich wurde auch der Agrotechniker Herbert Schulze, der als Abteilungsleiter Materialwirtschaft des VEB Mechanisierung Parchim arbeitete, vernommen, und zwar am 8. Juli 1984 von 7 Uhr bis 8.15 Uhr morgens.

Er hatte fast den ganzen Samstag in seinem Garten

gearbeitet. Am späten Nachmittag war dann plötzlich Kindergeschrei aus dem Buchholz zu vernehmen. Herbert Schulze maß dem zunächst keine Bedeutung bei, weil das öfter vorkam. Fünf Minuten später hörte er dann die Stimme seiner Nachbarin Elvira Schneidereit: »Ich rufe sofort an!« Diese sehr aufgeregt gesprochenen Worte und das Kindergeschrei zuvor veranlassten ihn, zur Nachbarin zu gehen. Als er dort eintraf, kam sie gerade aus dem Haus auf die Terrasse. Außer Elvira Schneidereit war noch eine junge Frau da, die er zuvor noch nie gesehen hatte. Wir wissen, dass es sich dabei um Frau Nagelsmann handelte. Sie teilte ihm mit, dass ein Mann ein vier Jahre altes Mädchen entführt habe. Er sei nicht ihr Kind, sondern es sei bei ihr zu einer Kindergeburtstagsfeier eingeladen gewesen.

Gemeinsam mit Elvira Schneidereit begab er sich nun zur Maiwiese; die junge Frau folgte ihnen zunächst mit Abstand, beschleunigte ihren Schritt und erreichte sie dann noch vor der Wiese. Elvira Schneidereit rief dann: »Da ist was! Ich rufe noch mal an!« Im gleichen Augenblick rannte sie wieder zu ihrem Haus zurück, das ungefähr 200 Meter entfernt war. Herbert Schulze schaute nun, so steht es in seiner Aussage, genauer hin, konnte aber nichts Verdächtiges erkennen. Auch Frau Nagelsmann konnte nichts erkennen. Die dann folgenden Vorgänge beschrieb der Zeuge so wie Marion Nagelsmann und Elvira Schneidereit.

Ihm war aber zusätzlich aufgefallen, dass zur Zeit der Ankunft des Suchtrupps auf der Maiwiese eine Frau mit zwei Kindern auf einer Bank gesessen hatte. Diese Frau kannte er nicht. Als später das arme Kind gefunden wurde, sprach ihn die unbekannte Frau an, was denn los sei. Obwohl Herbert Schulze nicht antwortete, sagte sie: »Sie hätten doch von den Schreien etwas hören müssen!« Und im Weggehen hörte er sie noch sagen: »Um Gottes willen! Dieses habe ich kommen gesehen! Ich gehe jetzt mit meinen Kindern! Ich habe was mit dem Herzen!« Diesen Worten entnahm Herbert Schulze, dass sie etwas beobachtet haben musste, denn niemand hatte ihr von dem Vorgefallenen erzählt. Sie nahm danach ihre Kinder und verließ die Maiwiese. Schulze sagte aus, dass die Frau etwa 35 Jahre alt, korpulent und circa 165 Zentimeter groß war. Sie trug eine weiße Bluse. Ihre Kinder waren ungefähr drei und fünf Jahre alt, also nicht im Schulalter. Die Frau ist im Zuge der Ermittlungen nicht gefunden worden.

Herbert Schulze hatte keine Schreie gehört. Das beschwor er, denn er hatte noch zu den beiden Frauen gesagt, dass sie einmal ruhig sein sollten, damit man etwas höre. Schritte, Schreie, Laute. Das war aber nicht der Fall.

Die Parchimer Kriminalisten hatten ganze Arbeit geleistet. Noch in der Nacht des Tattages vernahmen sie die beiden Schutzpolizisten, die zum Ereignisort geeilt waren. Die Polizisten Tuleweit und Freese bestätigten die Aussagen der drei Personen, die Diana Schumann suchten, in vollem Umfang. Sie hatten den Fundort fachgerecht gesichert, zuvor aber geprüft, ob bei dem Kind noch der Puls zu fühlen war. Das konnte mit Sicherheit verneint werden. »Als ich das Kind erblickte«, sagte der Behördenangestellte Freese, »hatte es auf dem Bauch gelegen, den Kopf zur Seite gewandt. Die Beine waren gespreizt und aufgrund der Unebenheit des Bodens leicht angewinkelt. Die Strumpfhose hing nur noch auf einem Bein. Ansonsten war das Kind unbekleidet. Äußere Verletzungen konnte ich nicht erkennen.« Die Bekleidungsstücke wurden in unmittelbarer Nähe gefunden.

Die herbeigerufene Notfallärztin vom DRK konnte aufgrund des fehlenden Herzschlages sowie fehlender Pupillenreaktion um 17.50 Uhr nur den Tod feststellen, eine Reanimation wäre nur bei einer Pupillenreaktion noch möglich gewesen. Aufgrund der Körperwärme, so die Ärztin, war der Tod erst kurze Zeit vor ihrem Eintreffen eingetreten. Äußerlich konnten am Kopf linksseitig Hämatome sowie Verschwellungen und aus dem Mund Blutaustritt festgestellt werden, wobei das Blut bereits geronnen war.

Aus den Akten ist uns bekannt, dass Staatsanwältin Fenk und Major Grigat von der Kreisdienststelle Parchim (KD) am 8. Juli 1984 um 10 Uhr eine schwere Mission zu erfüllen hatten. Sie sprachen mit den Eltern des Opfers. Die Mutter des Kindes, tätig als Versicherungskauffrau in der Kreisdirektion Parchim, stand beim Gespräch immer noch unter Schock, und als sie hörte, dass es sich beim Täter um einen Angehörigen der GSSD handelte, schrie sie und konnte nur durch ihren Ehemann beruhigt werden. Dianas Vater (Elektromeister im VEB Mechanisierung Parchim) und dessen Vater konnten überzeugt werden, von einer Abschiednahme Abstand zu nehmen, weil das Gesicht des Kindes stark entstellt war. Durch den Rat des Kreises Parchim wurde den Eltern der kleinen Diana Unterstützung bei der Vorbereitung und Durchführung der Beerdigung zugesichert und gewährt.

Hauptmann der K Wagner, als Untersuchungsführer von der MUK der BDVP Schwerin auch verantwortlich für kriminaltechnische Tatortarbeit, und der Gutachter Hauptmann der K Grünhagen wurden am Tattag durch den K-Dienst der BDVP um 18.30 Uhr verständigt, sie trafen mit anderen Kollegen gegen 20 Uhr im VPKA Parchim ein. Die Tatortuntersuchung begann gegen 20.30 Uhr. Es fällt positiv auf, dass sich keine Leiter und Funktionäre am Tatort ein Stelldichein gaben, sondern wirklich nur Fachleute agierten: Oberleutnant der K Schendel von der MUK (KT), Hauptmann der K Michallek (Chemiker, KT BDVP Schwerin), Hauptmann der K Gelzenleichter (Sondertechnik, KT BDVP Schwerin) und Kriminalobermeister Kroll als Fährtenhundeführer der BDVP. Die Bereitschaftsärztin, die den Tod des Kindes festgestellt hatte, sowie Diplommediziner Gottschalk vom Institut für Gerichtliche Medizin des Bezirks Schwerin waren ebenfalls anwesend. Zum Zeitpunkt der Untersuchung herrschte trockenes, sonniges Wetter; es war nahezu windstill bei einer Temperatur von 16 Grad Celsius.

Zur Beschreibung des Tatortes, der uns in groben Zügen bereits bekannt ist, wäre noch hinzuzufügen, dass der Hauptweg die westliche Begrenzung dieses Gebietes war. Vom Hauptweg betrug die kürzeste Entfernung 34 Meter in östlicher Richtung. Der Tatort war mit Mischwald, zum Teil mit Buschwerk bestanden und mit Gräsern und Pflanzen, stellenweise bis zu 30 Zentimeter Höhe, bewachsen. Der feuchte, schwarz- bis braunfarbene, weiche Waldboden war mit trockenem bis leicht faulig-feuchtem Laub bedeckt. Vier Meter in südlicher Richtung vom Kopf der Leiche entfernt befand sich ein altes, zweistufiges mit Moos bewachsenes Betonfundament eines ehemaligen Gebäudes.

An der Leiche stellte Diplommediziner Gottschalk am Tatort Spuren deutlicher Gewalteinwirkung fest:

- zweifacher Unterkieferbruch in Bereich der Schneidezähne,
- multiple Kratzer im Mundbereich,
- flächig verteilte Blutspuren im Nasen- und Mundbereich,
- Hautdurchtrennung im linken Stirnbereich,
- Hauteintrocknung auf dem Schädeldach Mitte,
- Hauteintrocknung und Schwellung über dem linken Ohr,
- Schürfungen an Brust, Bauch und Oberschenkeln,
- Hämatome am linken Schlüsselbein und an der rechten Schulter,
- am Hals mögliche Kratzeffekte,
- Hämatome an den Innenseiten der Oberschenkel/Nähe Leistenbereich,
- kleine punktförmige Hauteintrocknung im Genitalbereich/linke Schamlippe,

- kleiner Einriss an der Vagina unten,
- intensive Rötung am Scheideneingang.

Eine detaillierte und spezifische Beschreibung der Verletzungen beziehungsweise Spuren an der Leiche sollte im gerichtsmedizinischen Gutachten des Instituts in Schwerin erfolgen.

Die weiße Strumpfhose steckte noch bis zum Knöchel am rechten Fuß des Mädchens, an dem weiterhin eine geschlossene braune Sandalette gefunden wurde. Im Umkreis von 3,50 bis 6,50 Metern lagen weitere Bekleidungsstücke verstreut, die eindeutig dem Kind zugeordnet werden konnten. Neben der Kleidung wurden gesichert:

- ein weißer Wäscheknopf, zum Kleid der Toten passend, 5 m entfernt von der Leiche am Boden liegend,
- ein in Papier eingewickelter Fruchtbonbon, 4,50 m von der Leiche entfernt am Boden liegend,
- einzelne helle Haare am Betonfundament, 4 m von der Leiche entfernt aufgefunden,
- ein brauner Topfdeckel aus emailliertem Metall als Träger von Blutspuren, 3,90 m von der Leiche entfernt unmittelbar am Betonfundament auf dem Boden liegend,
- mehrere Blutspuren im Umfeld des oben erwähnten Topfdeckels auf dem Laub am Erdboden.

Wir lesen weiter in dem Protokoll, dass der Topfdeckel in einem Plastefolienbeutel verpackt dem gerichtsmedizinischen Institut übergeben wurde, die genannten Kleidungsstücke ebenfalls gut verpackt an den KT-Sachverständigen der BDVP Schwerin.

Die Tatortuntersuchung wurde am 7. Juli 1984 gegen 22.30 Uhr wegen der eintretenden Dunkelheit unterbrochen und am Sonntag, 8. Juli 1984, von 5.45 Uhr bis 11 Uhr fortgesetzt. Der Tatort war durchgängig durch Kräfte der Schutzpolizei gesichert.

Die Leiche des Kindes wurde in das Institut für Gerichtliche Medizin des Bezirks Schwerin zur Obduktion überführt. Das Institut befand sich auf dem Alten Friedhof in Schwerin ganz am Ende des langen Obotritenringes.

Vom Tatort und von den Spuren wurden zahlreiche Fotoaufnahmen gefertigt und in einer Anlagekarte zusammengefasst. Einen besonders guten Eindruck über die örtlich-räumlichen Verhältnisse vermittelt eine Übersichtsskizze, gefertigt am 8. Juli 1984, als weitere Anlage zum Tötungsverbrechen vom 7. Juli 1984 im Buchholz in Parchim.

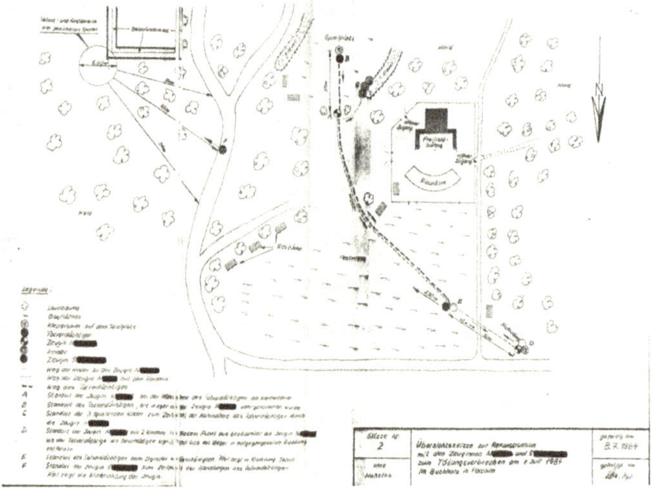

Bild 3 der Anlagekarte der K der BDVP Schwerin: In diesem bewaldetem Park wurde Diana Schumann ermordet.

Bild 4 der Anlagekarte der K der BDVP Schwerin: Übersichtsaufnahme vom Fundort der Leiche und der Bekleidungsstücke bzw. Spuren. Nr. 1: Lage der Leiche, Nr. 2: zwei ineinandersteckende Schlüpfer, fein geblümt (Entfernung zur Leiche: 3,50 m), Nr. 3: weißes Turnhemd, darin eine weiße, fein rotgepunktete Bluse (5,50 m), Nr. 4: ein rötliches Schürzenkleid (6 m), Nr. 5: eine linke braune Sandalette (6,50 m), Nr. 6: ein weißer Wäscheknopf, zum Kleid passend (5 m), Nr. 7: ein eingewickelter Fruchtbonbon (4,50 m, hier ist auch das Betonfundament sichtbar), Nr. 8: Blutspuren (3,90 m)

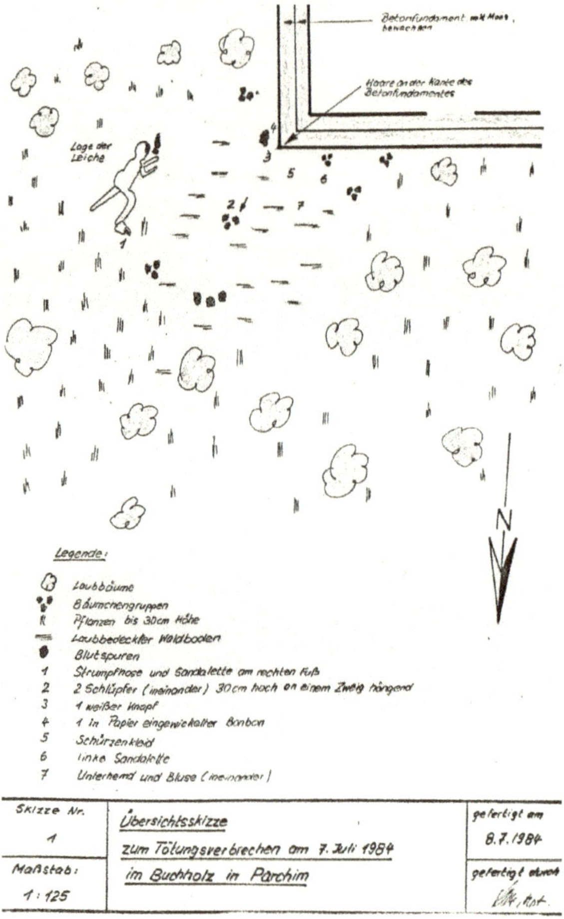


Übersichtsskizze zum Tötungsverbrechen im Buchholz in Parchim, gefertigt am 8. Juli 1984

Im *Protokoll über die kriminaltechnische Tatortarbeit* vom 8. Juli 1984, Tgb.-Nr. 384/48, angefertigt von der K der BDVP Schwerin, wurden in der Anlage 1 die Spuren aufgelistet, in der Anlage 2 das Vergleichsmaterial und in der Anlage 3 die Fragen an die Sachverständigen. Die

Frage 7, »Sind an der Bekleidung der Geschädigten, Spur 1 bis 7 und Spur 10, Haare feststellbar, die dem Tatverdächtigen zugeordnet werden können?«, zeigt, dass sehr schnell ein Verdächtiger ermittelt wurde. Die Vergleichsmaterialien (VM) 1 bis 6 wurden dem Tatverdächtigen am 7. Juli 1984 gegen 23.30 Uhr abgenommen:
VM 1: eine blaue Anzugjacke,
VM 2: eine blaue Anzughose,
VM 3: ein hellblaues Oberhemd,
VM 4: ein blau-weiß gemusterter Herrenschlüpfer,
VM 5: ein Paar dunkelblaue Socken,
VM 6: ein Paar schwarze Herrenhalbschuhe (25 cm lang).

Eine Fliege auf dem Hemdkragen, die der vierjährige Anton gesehen haben wollte, wurde nicht sichergestellt. Sie entsprang wohl in dieser beklemmenden und bedrohlichen Situation seiner kindlichen Phantasie.

Folgende Vergleichsmaterialien wurden am 7. Juli 1984 vom IGM des Bezirks Schwerin gesichert:

- VM 7: eine Blutprobe des Tatverdächtigen,
- VM 8: Kopf- und Schamhaare des Tatverdächtigen,
- VM 9: Fingernagelschmutz des Tatverdächtigen von beiden Händen,
- VM 10: eine Speichelprobe des Tatverdächtigen,
- VM 11 ein Abstrich vom Geschlechtsteil des Tatverdächtigen.

Die Vergleichsmaterialien 12 bis 19 wurden erst einen Tag darauf gesichert:

- VM 12: eine Bodenprobe – gesichert am Fundort der Geschädigten,

- VM 13: eine Bodenprobe – gesichert in 1,5 m Abstand rechts neben dem Fundort der Geschädigten,
- VM 14: eine Bodenprobe – gesichert in 1,5 m Abstand von den Beinen neben dem Fundort der Geschädigten,
- VM 15: eine Bodenprobe – gesichert in 4 m Abstand vom Fundort der Geschädigten,
- VM 16: eine Bodenprobe – gesichert von einem möglichen Zu- oder Abgangsweg in 25 m Entfernung vom Fundort der Geschädigten,
- VM 17: eine Bodenprobe – gesichert von einem anderen möglichen Zu- oder Abgangsweg in 25 m Abstand vom Fundort der Geschädigten,
- VM 18: eine Bodenprobe – gesichert von einem Weg in 30 m Abstand vom Fundort der Geschädigten,
- VM 19: Botanik – gesichert im Tatortbereich.

Die Vergleichsmaterialien 21 und 22 wurden durch das IGM bei der gerichtsmedizinischen Sektion gesichert:

- VM 20: eine Faserspur – gesichert im Schambereich des Tatverdächtigen – gesichert durch IGM am 7. Juli 1984 im Zusammenhang mit VM 11,
- VM 21: Blutprobe der Geschädigten,
- VM 22: Kopfhaare der Geschädigten.

Der ärztliche Direktor Medizinalrat (MR) Dr. med. Wolf und der Assistenzarzt Dipl.-Med. Gottschalk vom IGM des Bezirks Schwerin legten der Militärstaatsanwaltschaft Schwerin schon am 8. Juli 1984 ihr Gutachten unter dem Aktenzeichen 225-G 43/84 vor. Bei der

Obduktion waren Vertreter der Staatsanwaltschaft anwesend gewesen. Zusammenfassend ergab die Sektion Folgendes:

Es handelte sich zweifelsfrei um ein Tötungsdelikt.

Auf das Opfer wurde mit schwerer stumpfer Gewalteinwirkung gegen Kopf, Hals und Rumpf in Form von Schlägen durch die Hände (Schlagen und Würgen), durch Schlagen des Kopfes gegen harte, raue Gegenstände (mindestens zweimal, wahrscheinlich jedoch dreimal Hinterhaupt und Stirnpartie, Kinnpartie) und durch Kompression des Rumpfes (kniend auf dem Opfer oder Treten) eingewirkt.

Nach dem Genitalbefund lag dem Tatgeschehen eine sexuelle Motivation zugrunde. Genitalmanipulationen waren nachzuweisen, sie waren aber diskret, eine *Immissio penis* (Einführen des Penis) war aber nicht anzunehmen. Im Wesentlichen handelte es sich um eine Kratzverletzung und punktförmige Blutungen als Zeichen stumpfer Einwirkung.

Ein abschließendes gerichtsfachärztliches Gutachten behielten sich die Obduzenten ausdrücklich vor. Sie erachteten es für notwendig, eine Tatrekonstruktion mit dem Verdächtigen durchzuführen und die dabei gegebenen Darstellungen im Zusammenhang mit den Sektionsbefunden zu bewerten.

Diplommediziner Gottschalk verfasste am 8. Juli 1984 den Totenschein. Er stellte Ersticken bei Hals- und Thoraxkompression und eine *Contusio cerebri* (Hirnquetschung durch stumpfe Gewalteinwirkung auf den Schädel) als Todesursachen fest. Daraufhin zeigte der

Militärstaatsanwalt Schwerin am folgenden Tag dem Standesamt der Stadt Parchim einen unnatürlichen Todesfall an. Zugleich wurde die Leiche zur Bestattung freigegeben.

Bleibt noch zu klären, wer den Zeugen in den genannten Wahlgegenüberstellungen gezeigt worden ist. Wer war der Verdächtige, mit dem eine Tatrekonstruktion durchgeführt werden sollte? Und war er wirklich der Mörder?

Die Protokolle der beiden Schutzpolizisten des VPKA Parchim, Harald Säuberlich und Manfred Giesler, geben uns über die Verhaftung des Verdächtigen Auskunft. Sie wurden erst am 17. Juli 1984 geschrieben, als das Verfahren aus Zuständigkeitsgründen an die Untersuchungsabteilung des MfS der Bezirksverwaltung (BV) Schwerin übergeben wurde.

Harald Säuberlich und Manfred Giesler traten ihren Dienst am 7. Juli 1984 um 17.45 Uhr an, und nur 25 Minuten später bekamen sie den Einsatzbefehl, als Streifenwagenbesatzung nach einer männlichen Person zu fahnden, die im Verdacht stand, ein Tötungsdelikt begangen zu haben. Zunächst sollten sie aber noch weitere VP-Angehörige vom Fahndungsauftrag informieren. Sie fuhren zum Ereignisort und waren ziemlich aufgeregt, denn keiner der beiden hatte je nach einem Mörder gefahndet.

»Mord«, sagte Säuberlich am Lenkrad zu seinem Kollegen, »so etwas gibt es bei uns doch gar nicht. Das kann nicht sein!«

Giesler wog den Kopf hin und her, als ob er grübelte, und meinte dann: »So etwas gibt es auch im Sozialismus, auch wenn es das gar nicht geben kann – und darf. Erinnere dich an die letzte Fachschulung, bei der das Kriminalitätsgeschehen ganz schön schöngeredet wurde.«

Gegen 18.30 Uhr erreichten sie den Tatort und wurden von einem Mitarbeiter der Kriminalpolizei in Empfang genommen und eingewiesen. Dieser teilte ihnen kurz und knapp mit, dass folgende männliche Person gesucht wurde: 1,68 bis 1,70 Meter groß, dunkelblondes, kurzes, rechts gescheiteltes Haar, dunkelblauer Anzug.

Der Abschnittsbevollmächtigte (ABV) Peter Harras, mit dem sie früher schon zusammengearbeitet hatten, stieg zu ihnen ins Auto, und gemeinsam fuhren sie nach Slate, einem Ortsteil von Parchim, um den Verdächtigen zu suchen. »Na, die Personenbeschreibung trifft ja auf 50 Prozent aller Männer zu. Den werden wir nie finden«, gab der ABV zum Besten.

Giesler lachte. »Das kann man wohl sagen. Wenn wir den kriegen, dann gebe ich einen aus. Aber das wird wohl nicht passieren.« Die Schutzpolizisten setzten den ABV in Slate ab, konnten dort aber nichts Verdächtiges feststellen.

Das Duo war mit seinem Funkstreifenwagen (FStW) ab 19.30 Uhr an der Brunnenbrücke im Einsatz, die vom Slater Moor auf die Fernverkehrsstraße 321 führte. Sie sollten Personen kontrollieren, auf die die vage Personenbeschreibung zutraf. Sie hatten den FStW wie befohlen zwischen der alten Brunnenbrücke und der

F 321 auf der rechten Seite abgestellt. Und sie hatten gute Sicht auch über die Brücke hinweg zur Stadt Parchim. Ein freiwilliger Helfer der VP und guter Bekannter von Säuberlich und Giesler kam zufällig mit seinem Pkw vorbei, er stellte sein Fahrzeug neben dem FStW ab, und zu dritt hielten sie nach dem Mörder Ausschau.

»Da«, raunte Manfred Giesler kaum hörbar, »da hinten. Da bewegt sich was. Eine dunkel gekleidete Person überquert die Brunnenstraße.« Er zeigte in Richtung Slater Moor. Nun sahen die beiden anderen den Mann auch. Er nahm die Straße Richtung Parchim. Die Entfernung zwischen ihm und ihrem eigenen Standort schätzten sie auf 300 Meter. Später wurde sie vermessen: Es waren genau 284 Meter.

»Den nehmen wir uns vor«, sagte Säuberlich entschlossen und gar nicht mehr leise. Unter Zurücklassung des freiwilligen Helfers der VP fuhren die beiden Fahnder von der Schutzpolizei in Richtung Parchim, aber die Person war plötzlich wie vom Erdboden verschwunden. Sie erkannten auf der rechten Straßenseite einen Feldweg, der sich nach etwa 20 Metern teilte. Sie fuhren weiter, einer beobachtete die linke Seite, der andere die rechte. Gut, dass es noch hell war an diesem Julisonnabend!

Da sah Giesler den Mann auf einem Weg, der durch ein Roggenfeld führte. Der Feldweg mündete wieder in die Straße, so dass Säuberlich und Giesler den Plan entwarfen, ihm den Weg abzuschneiden. Der Mann lief ihnen direkt in die Arme. Die Personenbeschreibung stimmte.

»Halt! Stehen bleiben!«, rief Harald Säuberlich dem Fremden zu. »Bitte zeigen Sie Ihren Personalausweis!« Der Mann antwortete auf Russisch, was die beiden Volkspolizisten nicht verstanden, denn ihr Russischunterricht in der Schule lag schon ein paar Jahre zurück. Sowohl Säuberlich als auch Giesler sagten mehrfach »Dokument, Dokument, Dokument!« im vermuteten russischen Akzent zu dem Fremden, doch ausweisen konnte er sich nicht. Deshalb, und weil die Beschreibung aus der Fahndung zutraf, forderten ihn die Volkspolizisten mit Gesten, Mimik und in deutscher Sprache auf, sie zum VPKA Parchim zu begleiten. Dies alles schien der Unbekannte sofort zu verstehen.

Der Mann roch sehr stark nach Alkohol, schwankte aber nicht, sagte wenig auf Russisch und widersetzte sich auch nicht, als die beiden Polizisten ihn ins Auto schoben und so platzierten, dass er ständig beobachtet werden konnte. Es war ihnen sofort klar, dass er kein DDR-Bürger war, sondern ein Angehöriger der GSSD in Zivilkleidung.

Um 20.05 Uhr übergaben sie ihn den Kriminalisten im VPKA Parchim am Platz der Arbeit. Dann fuhren sie sofort befehlsgemäß zum Kontrollpunkt an der alten Brunnenbrücke zurück, ohne ein Ermittlungsergebnis abzuwarten.

»Ob der das war?«, fragte Manfred Giesler seinen Kollegen. »Der hat sich einfach so mitnehmen lassen, das macht doch kein Mörder, den man sucht. Der haut doch ab und schlägt um sich. Oder schießt. Was meinst du, Harald?«

»Wir werden sehen. Vielleicht werden russische Mörder so verhaftet. Jetzt gucken wir jedenfalls erst einmal, ob wir noch einen weiteren Verdächtigen finden, denn bewiesen ist noch gar nichts. Und unsere Schicht ist ja noch lang.«

Nachdem sie wieder an der alten Brunnenbrücke angekommen waren, zog sich die Zeit unendlich in die Länge. Es geschah nichts Nennenswertes mehr.

Skizze Festnahme Nikolai Jurewitsch

Am 8. Juli 1984 ersuchte der Schweriner Militärstaatsanwalt Beindorf unter dem Aktenzeichen BV-SU-147/84

(Schw.) das Militärgericht in Schwerin gemäß § 124 StPO der DDR, einen Haftbefehl gegen den Angehörigen der GSSD Fähnrich Nikolai Jurewitsch zu erlassen. »Da ein Verbrechen den Gegenstand des Verfahrens bildet, ist der Erlass eines Haftbefehls gemäß § 122 Abs. 1 Ziff. 2 StPO gesetzlich begründet und gemäß § 123 StPO unumgänglich«, hieß es in der Begründung. Das Militärgericht Schwerin befasste sich umgehend mit diesem Antrag. Der Leiter des Militärgerichts Schade verkündete den Haftbefehl mit der gleichen Begründung, nachdem Jurewitsch um 21 Uhr gehört worden war. Der Mann hatte gestanden, dass er sexuell immer sehr erregt sei, wenn er größere Mengen Alkohol getrunken habe, und dass er vor ungefähr einer Woche den letzten Geschlechtsverkehr gehabt habe. Jurewitsch wurden die entsprechenden Straftatbestände des StGB der DDR (Mord, Vergewaltigung) übersetzt, und er wurde über seine Rechte belehrt. Beweisanträge stellte der Beschuldigte nicht.

Erstmals vernommen wurde Nikolai Jurewitsch zu sehr früher Stunde am 8. Juli 1984 von Oberleutnant Möller und Hauptmann Bauers. Die Vernehmung wurde auf Band aufgezeichnet. Der Militärstaatsanwalt aus Schwerin Pohle war ebenso zugegen wie eine Dolmetscherin, ohne die die Verständigung nicht hätte realisiert werden können.

Jurewitsch legte ein Geständnis ab. Warum hatte er sich dem Kind genähert und es mit in das Waldstück genommen? »Da ich bis zu diesem Zeitpunkt, als ich auf die Kindergruppe gestoßen war, noch keine Frau oder ein größeres Mädchen gefunden hatte, entschloss ich mich, dieses Mädchen zu nehmen und meinen Vorsatz, es zu vergewaltigen, zu realisieren. Ich nahm auch deshalb das kleine Mädchen, weil es etwas aus der Gruppe zurückgeblieben war. Dieses Mädchen konnte ich leicht erreichen, deshalb nahm ich es dann und lief in den Wald.«

Zu den Motiven für diese Tat befragt, sagte Jurewitsch Folgendes aus: *Zu Hause in der Sowjetunion habe ich eine Freundin, mit der ich auch geschlechtliche Beziehungen unterhielt, zuletzt vor circa einem Monat, als ich zu Hause auf Urlaub war. Außerdem hatte ich in der Einheit sexuelle Beziehungen zu einer Zivilbeschäftigten, mit der ich letztmalig vor circa einer Woche Geschlechtsverkehr hatte. Da deren Ehemann zur Einheit zurückgekommen war, hatte ich keine Möglichkeit mehr, den Geschlechtsverkehr durchzuführen. Auch am 7. Juli 1984 war das nicht möglich. Als ich die Gaststätte am Bahnhof verließ, war ich stark sexuell erregt. Ich fasste den Entschluss, Befriedigung zu suchen. Aus dem Grund ging ich in diesen Wald. Als ich nach längerer Zeit des Suchens kein Mädchen oder eine Frau gefunden hatte und dann das kleine Mädchen sah, das etwas von der Gruppe zurückgeblieben war, handelte ich sofort. Da das Mädchen schrie, habe ich alles getan, um es ruhig zu bekommen, auch durch »viehische Gewalt«. Ich wollte mich unbedingt befriedigen, deshalb war mir alles egal. Als dann das Mädchen blutete, bin ich zu mir gekommen und war entsetzt über mein Handeln. Ich hatte eigentlich nicht vor, das Mädchen zu töten, sondern es nur zu vergewaltigen. Obwohl mir klar war, dass das Kind vor allem durch meine Schläge mit der Handkante in das Gesicht ersticken könnte, habe ich es trotzdem getan. Mehr kann ich gegenwärtig nicht sagen.*

Nach dem Verbrechen wollte der Mörder wieder zurück in die Kaserne, nachdem er in einem Gebüsch am See seinen Rausch ein wenig ausgeschlafen hatte: »Vom See wollte ich zu mir ins Objekt, aber unterwegs stellte mich die Polizei und brachte mich hierher.«

Am selben Tag wurde Nikolai Jurewitsch von der BDVP Schwerin, Abteilung Kriminalpolizei, der Untersuchungsabteilung der BV Schwerin des MfS überstellt; man übergab auch den angelegten Originalvorgang »zur weiteren Bearbeitung« sowie die Duplikatakten. Das Ermittlungsverfahren in dieser Mordsache wurde gemäß § 98 der StPO der DDR erweitert, und zwar gegen Bekannt. Die dazu notwendige Verfügung unterschrieb der Leiter der BV Schwerin Generalmajor Korth. Diese Vorgehensweise kann damit erklärt werden, dass die Strafsache Jurewitsch eine außerordentliche politische Brisanz besaß und dass man die Ermittlungen selbst führen und auf keinen Fall den sowjetischen Behörden überlassen wollte. Das Ermittlungsverfahren erweiterte man am 26. Juli 1984 noch einmal. Zur vorsätzlichen Tötung kam der Verdacht des Versuchs einer Vergewaltigung im schweren Fall hinzu (§ 121 Abs. 1, 2 Ziff. 1, Abs. 4 StGB der DDR). Die Verfügung unterschrieb wieder Generalmajor Korth. Darüber wurde Nikolai Jurewitsch am selben Tag von Leutnant Adam, einem Angehörigen der Untersuchungsabteilung der BV Schwerin, unterrichtet.

Bei seiner Einlieferung in die Haftanstalt der BV Schwerin hatte Nikolai Jurewitsch laut Protokoll vom 9. Juli 1984 eine Schachtel sowjetischer Zigaretten, eine Schachtel der beliebten DDR-Zigarettenmarke f6, eine Schachtel Zündhölzer, einen Bierdeckel von Lübzer Pils, einen schwarzen Schnürsenkel und einen Schlüsselbund mit drei Schlüsseln bei sich; alle Gegenstände wurden ihm zur Verwahrung abgenommen. Eine Wertsachenaufstellung vom 9. Juli 1984 führt einen Bargeldbetrag von 98,07 Mark der DDR, zwei Kopeken und eine Armbanduhr Slawa Nr. 151791 mit Metallarmband (weiß) auf. Nach einem Protokoll vom 27. Juli 1984 hatte er 25,60 Mark für Zigaretten und Zündhölzer ausgegeben, so dass noch 72,47 Mark in seinem Besitz waren. Dieselben Gegenstände hatte auch die Kriminalpolizei der BDVP Schwerin aufgelistet, so dass wir feststellen, dass in der Zwischenzeit nichts verlorengegangen war. Aus der *Effektenaufstellung* vom 9. Juli 1984 geht hervor, dass Jurewitsch bei seiner Einlieferung in die Untersuchungshaftanstalt (UHA) der BV Schwerin keine Bekleidungsgegenstände abgenommen wurden.

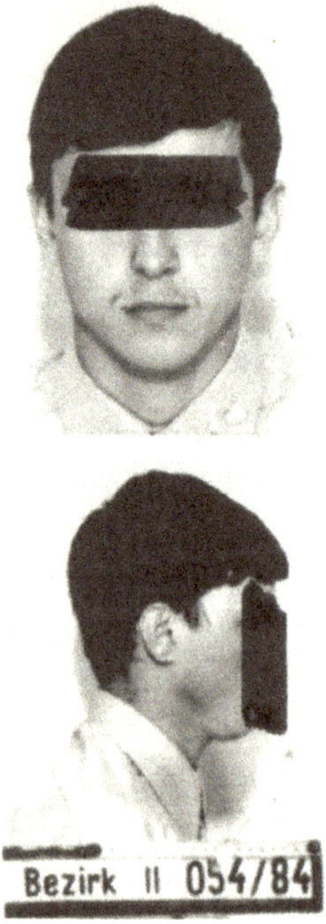


Täterlichtbild Nikolai Jurewitsch

Für den 10. Juli 1984 hatte sich bei BV-Chef Generalmajor Korth hoher Besuch angekündigt. Der Fall hatte seine Kreise gezogen. Um 9.30 Uhr empfing er Generalmajor Maljukin von der sowjetischen Militärstaatsanwaltschaft. Er wurde begleitet von Major Kornejew und einem sowjetischen Dolmetscher sowie durch die Militärstaatsanwälte der DDR Oberst Ludwig und Oberstleutnant Laske. Generalmajor Maljukin war vom Oberkommandierenden der sowjetischen Truppen in der DDR beauftragt worden, sich über das schwere Vorkommnis im Zusammenhang mit dem Fähnrich Jurewitsch zu informieren. Er beschwerte sich zunächst darüber, dass dem Militärrat der sowjetischen Truppen noch Informationen zu dem Fall fehlten. Da sich der Militärrat noch am selben Tag mit dem Fall beschäftigen wollte, hatte Maljukin folgende Fragen und Anliegen:

*Wie konnte es dazu kommen, dass Sie einen sowjetischen Militärangehörigen festgenommen haben?*

*Was ist konkret geschehen und welche Beweise gibt es?*

*Wann werden die Untersuchungen abgeschlossen sein, und wann können wir den Militärangehörigen bekommen?*

*Wir möchten mit dem Beschuldigten sprechen.*

Zum ersten Punkt führte Korth quasi als Entschuldigung an, dass der Festgenommene keine Ausweispapiere bei sich getragen habe und daher nicht als Militärangehöriger erkennbar gewesen sei. Weiterhin sei er dringend verdächtig, ein Kind getötet und eine Vergewaltigung versucht zu haben. Das Tatgeschehen und die Beweismittel wurden dem sowjetischen General umfassend erklärt und eine Kopie der eigenhändigen Niederschrift von Jurewitsch' Geständnis übergeben. Generalmajor Maljukin erhielt die Möglichkeit, sich die Tonbandaufnahme der Erstvernehmung anzuhören. Generalmajor Korth sicherte dem sowjetischen Kollegen eine zügige Bearbeitung des Falles zu und betonte, dass noch umfangreiche Untersuchungen ausständen.

Einen konkreten Übergabetermin konnte er nicht nennen, einem Gespräch mit dem Beschuldigten stimmte der BV-Chef aber zu. Es fand anschließend von 11.15 bis 14.15 Uhr in der UHA der BV Schwerin statt. Neben den drei sowjetischen Vertretern nahmen Militärstaatsanwalt Laske, der übersetzte, und der Leiter der Abteilung IX (Untersuchungsabteilung) Major Pawlowski teil. Der sowjetische General informierte den Beschuldigten, dass der zunächst in Schwerin bleiben werde. Nach Abschluss der Untersuchungen werde entsprechend den gesetzlichen Bestimmungen, die zwischen der UdSSR und der DDR bestanden, über seinen Verbleib entschieden.

Im Anschluss bestand der sowjetische General darauf, auch die Eltern des getöteten Kindes zu sprechen, »da das nach sowjetischem Recht erforderlich sei«. Diese Forderung konnte ihm ausgeredet werden, da die Eltern noch unter Schock standen. Ein verantwortlicher Mitarbeiter der BV Schwerin stand den Eltern mit Rat und Tat zur Seite, und es waren durch die staatlichen Organe »umfangreiche unterstützende Maßnahmen« veranlasst worden. Es wurde vorgeschlagen, dieses Gespräch auf einen späteren Zeitpunkt zu verlegen. Dem wurde von sowjetischer Seite nicht widersprochen.

Dass dieser Fall zu Querelen innerhalb der GSSD geführt haben könnte, lässt eine Passage im Protokoll vermuten: »Während des Aufenthaltes des Genossen Generalmajor Maljukin in der BV Schwerin meldete sich telefonisch ein General Petrow aus Wünsdorf mit dem Ansinnen, ebenfalls an dem Gespräch mit Jurewitsch teilnehmen zu wollen. Dieses Ansinnen wies Maljukin zurück.«

Abschließend brachte Maljukin zum Ausdruck, dass bisher gute Arbeit geleistet worden sei. Er sprach die Bitte aus, die Untersuchungen schnell abzuschließen. Er beabsichtige eine psychiatrische Untersuchung des Jurewitsch in Moskau zu veranlassen, die in der Regel zwei Monate beanspruche. Für die umfassenden Informationen bedankte er sich.

Aus einem Aktenvermerk von Untersuchungsführer Adam vom 11. Juli 1984 geht hervor, dass Generalmajor Maljukin zugesichert hatte zu veranlassen, die Personen, mit denen Jurewitsch am Tattag Alkohol getrunken hatte, sowie die Zivilbeschäftigte, mit der Jurewitsch eine Woche vor der Tat sexuellen Kontakt gehabt hatte, zu vernehmen. Auch Ermittlungen zur Person des Jurewitsch wollte er anordnen. Es wurde seitens der Abteilung IX entschieden, auf ein Identifizierungsersuchen zu verzichten, da die Personalien des Verdächtigen durch Maljukin anhand von Ausweispapieren überprüft worden waren. Hierzu wurde noch am selben Tag ein offizieller Aktenvermerk der Gerichtsakte beigefügt.

Wir erinnern uns: Eine Untersuchung des Tatverdächtigen Nikolai Jurewitsch war schon in der Nacht vom 7. zum 8. Juli 1984 zwischen 23.30 und 0.10 Uhr von den beiden Gerichtsmedizinern Wolf und Gottschalk durchgeführt worden. Auf mündliches Ersuchen vom 7. Juli 1984 hin erstatteten sie am 9. Juli 1984 ein weiteres Gutachten (Aktenzeichen 147-C 21/84) und sandten es an die Militärstaatsanwaltschaft 2756 Schwerin. Bei der neuerlichen Untersuchung waren zwei Wachposten und eine Dolmetscherin anwesend. Folgende Befunde wurden zusammengetragen:

- am Grundglied des linken Zeigefingers eine erbsengroße oberflächliche Hautschürfung, Schürfrichtung von vorn nach hinten,
- eine unscharf begrenzte 3 x 4 cm große Hautrötung am linken Ellenbogen,
- eine unscharf begrenzte großflächige Hautrötung im Bereich beider Kniescheiben,
- am männlichen Glied an der Mündung der Harnröhre eine stecknadelkopfgroße Hauteintrocknung. Eine gleichartige Veränderung befand sich in der ringförmigen Furche hinter der Eichel,
- Im Schamhaarbereich links konnte ein etwa erbsengroßes Faserknäuel (schwarz) sichergestellt werden.

Die Befunde ergaben keine schwerwiegenden Verletzungen bei dem Untersuchten. Im Wesentlichen handelte es sich um diskrete Schürfungen beziehungsweise Hautrötungen. Die Verletzungen waren frisch und konnten demzufolge im Zusammenhang mit dem Tatgeschehen entstanden sein. Einen Rückschluss auf den

Tatablauf ließen sie allerdings nicht zu – so schließt das Gutachten. Am 12. Juli 1984 schickte der Leiter der Untersuchungsabteilung i. V. Major Eder einen weiteren Untersuchungsauftrag an das Schweriner Institut für Gerichtliche Medizin; das spurenkundliche Gutachten zu diesem Auftrag wurde am 23. Juli 1984 erstattet.

Am 19. Juli 1984 wurde Marion Nagelsmann, die krankgeschrieben war, von Leutnant Adam von der Untersuchungsabteilung der BV Schwerin an ihrem Wohnort aufgesucht. Er legte ihr ein am Tatort gesichertes, eingewickeltes Fruchtbonbon (im Protokoll über die kriminaltechnische Tatortarbeit Spur 7) vor. Die Zeugin erklärte daraufhin, dass solche Fruchtbonbons im Rahmen der Geburtstagsfeier ihres Sohnes Anton an die Kinder und somit auch an die getötete Diana Schumann ausgehändigt worden seien.

Nach der erneuten Befragung von Marion Nagelsmann fertigte Untersuchungsführer Leutnant Adam einen handschriftlichen Aktenvermerk über noch ungeklärte Sexualdelikte (Vergewaltigungen, sexueller Missbrauch) im Bereich der VPKA Parchim an, für die Nikolai Jurewitsch als Täter in Frage kam. Als Vergewaltiger der 14-jährigen Schülerin Ilona Reichenberger war inzwischen der Angehörige der GSSD Gulijew, Garnison Hagenow, ermittelt worden – wir berichteten am Anfang kurz über dieses Verbrechen. Gulijew war zu dieser Zeit in einer Baukolonne auf dem Flugplatz in Hagenow eingesetzt. Adam vermerkte, dass Jurewitsch damit für diese Vergewaltigung als Täter ausschied. »Andere diesbezügliche ungeklärte Anzeigen oder EV

(Ermittlungsvervfahren, Anm d. Verf.) liegen nicht vor.« Bei der Übergabe des Vorgangs und der Person Jurewitsch an einen Vertreter der Staatsanwaltschaft der GSSD am 30. Juli 1984 sprach Adam die Vergewaltigung der Schülerin an. Der sowjetische Militärstaatsanwalt »sicherte sofortige Unterstützung zu«.

Es war noch zu klären, wo sich Nikolai Jurewitsch vor der Tatausführung aufgehalten hatte. Dazu wurde am 23. Juli 1984 der Kellner Frank Pausewang als Zeuge vernommen, der in der HO-Gaststätte *Zur Wockerquelle* in Parchim beschäftigt war. Nach Lichtbildvorlage erkannte er Nikolai Jurewitsch, der schon einige Male, letztmalig am 7. Juli 1984, sein Gast gewesen sei. Mit zwei anderen sowjetischen Bürgern in Zivilkleidung habe er gegen 15 Uhr die Gaststätte betreten. Sie tranken reichlich Bier und doppelte Wodkas, auch ein Deutscher setzte sich zu ihnen an den Tisch. Da Frank Pausewang diese Personen nicht bedient hatte, wurde seine Kollegin Marianne Deutschmann befragt. Sie erkannte Nikolai Jurewitsch ebenfalls als Gast am 7. Juli 1984 in der schon dargelegten Formation. Sie bezeugte, dass dieser nach einer halben Stunde die Gaststätte verlassen und auf der Straße vorbeifahrenden Autos gewinkt habe. Die anderen Gäste seien später gegangen. Die drei Sowjetbürger waren wohl schon angetrunken in die Gaststätte gekommen, da sie sich außerordentlich laut unterhielten.

Weil Nikolai Jurewitsch andere Angaben zu seinen Gaststättenbesuchen machte, wurden auch weitere

Gaststätten in Parchim aufgesucht. Das Personal erkannte ihn aber nicht.

HO-Gaststätte *Zur Wockerquelle*,
Schweriner Straße 16

Am 23. Juli 1984 verfassten MR Dr. med. Wolf und die medizinisch-technische Laborassistentin Sabine Bärle das Spurengutachten für den erwähnten Untersuchungsauftrag vom 12. Juli 1984 (Aktenzeichen 145-BI 20/84). Bei den Vergleichsmaterialien handelt es sich um jene aus dem *Protokoll über die kriminaltechnische Tatortarbeit* vom 8. Juli 1984 (Tgb.-Nr. 384/48, siehe S. 119 f.). Ausgehend von den Untersuchungsbefunden kamen die Experten zu folgenden Ergebnissen:

- Menschliche Haare fanden sich an den VM 1 (eine blaue Anzugsjacke), VM 3 (ein hellblaues Oberhemd) und VM 5 (ein Paar dunkelblaue Socken). Es handelte sich aber nicht um die Haare der Geschädigten.

- Bei den am Fundament gesicherten Haaren bestand eine Übereinstimmung mit den Merkmalen der Geschädigten.
- Die an dem gesicherten Haar erhobenen Befunde passten nicht zur Geschädigten, zum Teil bestand Übereinstimmung mit dem Beschuldigten. Eine weiterreichende Aussage war anhand eines Einzelhaares nicht möglich.
- Es handelt sich um menschliches Blut mit übereinstimmender Gruppe zur Geschädigten.
- Lediglich an der Bluse und am Schürzenkleid wurden menschliche Haare gefunden. Es besteht Übereinstimmung zur Geschädigten, jedoch nicht zum Beschuldigten.
- Sperma war nicht nachweisbar.
- In den Abstrichen fand sich kein Sperma.
- Der Vaginalsekretnachweis verlief negativ.

Das waren magere Ergebnisse im Hinblick auf die Beweisführung, denn dass Nikolai Jurewitsch die Tat begangen hatte, darauf deutete in diesem spurenkundlichen Gutachten nichts hin. Wichtig war deshalb jetzt die Aussage von Nikolai Jurewitsch.

Am 25. Juli 1984 übersandten MR Dr. med. W. Wolf und Dr. rer. nat. V. Link als Wissenschaftlicher Mitarbeiter der Abteilung für Toxikologische Chemie vom Schweriner Institut der Untersuchungsabteilung der BV Schwerin ein gerichtsmedizinisches Gutachten zur alkoholischen Beeinflussung des Beschuldigten Nikolai Jurewitsch (Aktenzeichen 151-AI-41/84). Sie nahmen als Tatzeitpunkt den 7. Juli 1984 zwischen 17 und 17.30

Uhr an. Der Beschuldigte hatte in Vernehmungen angegeben, dass er von 11 bis 15 Uhr einen halben Liter Wodka (40 Prozent Alkohol) und acht Flaschen helles Bier (0,33 l), in der Zeit von 15 bis 15.45 Uhr 0,08 l Wodka und 0,25 l Pilsner Bier getrunken habe – ohne eine wesentliche Nahrungsaufnahme.

Die Blutentnahme war am 7. Juli 1984 um 23.57 Uhr erfolgt. Jurewitsch war »zu diesem Zeitpunkt zeitlich und örtlich orientiert, seine Sprache deutlich, es bestanden keine Gangunsicherheiten. Geringer Alkoholgeruch der Atemluft. Der Betroffene klagte über Müdigkeit.« Zum Zeitpunkt der Blutabnahme ergab sich der verbindliche Blutalkoholwert von 0,4 mg/g, auch Promille genannt. Die Mediziner kamen zum Ergebnis, dass zum Tatzeitpunkt bei Jurewitsch eine mittlere alkoholische Beeinflussung bestand (1,2–1,5 mg/g). »Die angegebenen Trinkmengen müssen als zu hoch bewertet werden.« Hätte Jurewitsch die von ihm angegebenen Alkoholmengen wirklich getrunken, wäre bei ihm zum Zeitpunkt der Blutabnahme ein Wert von deutlich über 1 mg/g ermittelt worden. So sind seine unwahren Angaben als Versuch zu deuten, seine große Schuld ein wenig abzumildern.

Einen Tag zuvor, am 24. Juli 1984, hatte das Schweriner gerichtsmedizinische Institut ein Rekonstruktionsprotokoll zum Tötungsverbrechen an Diana Schumann unter dem Aktenzeichen BV-SU-147/84 (Schw.) angefertigt. Wie von den Gerichtsmedizinern angeregt, wurde der Geschehensablauf mit dem Beschuldigten Jurewitsch am 24. Juli 1984 in der Zeit von 15.15 bis 16.30 Uhr im Gebäude des MfS am Demmlerplatz in Schwerin rekonstruiert. Leiter der Maßnahme war Militärstaatsanwalt Oberstleutnant Pohle, teilgenommen hatten Leutnant Adam, MR Dr. med. Wolf, Hauptmann Dey (Sachkundiger für Spurensuche und Spurensicherung der BV MfS Schwerin) und Frau Krieck (Dolmetscherin). Jurewitsch hatte sich vor der Rekonstruktion zur aktiven Mitarbeit verpflichtet. Unter Verwendung einer Schaufensterpuppe machte der Beschuldigte den Ablauf des Tatgeschehens sichtbar. Dies wurde in insgesamt 20 Fotografien festgehalten, die Kommentare der Lichtbildtafel des Schweriner Instituts (zum Gutachten 163-H 8/84) beziehen sich auf die Angaben des Beschuldigten. Wir zeigen eine Auswahl der Lichtbildtafeln.

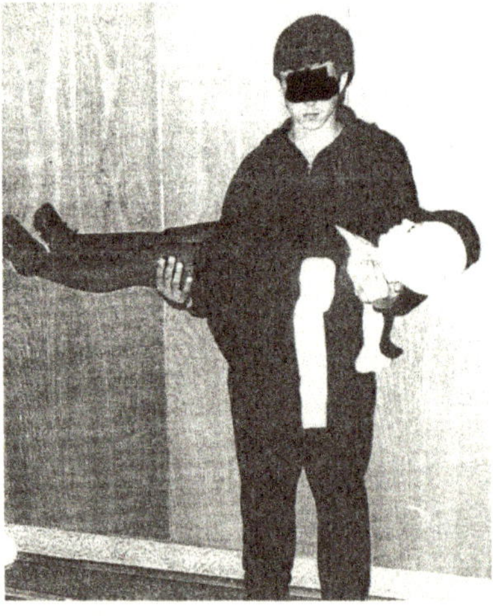

Zeigt den Beschuldigten, wie er das Kind weggetragen haben will. Seine linke Hand liegt im Nackenbereich, die rechte Hand unter den Beinen. Da das Kind geschrien habe, veränderte er die Position der rechten Hand.

Die linke Hand umfasst den Hals weiterhin, und mit der rechten Hand fasst er durch die Oberschenkel des Kindes bis zum Gesicht und drückt damit den Mund zu. Danach sei das Kind ruhig gewesen. In dieser genannten Form will er das Kind bis zum eigentlichen Tatort (ca. 250 m) transportiert haben. Im Verlauf des Transportes habe das Kind noch versucht zu schreien.

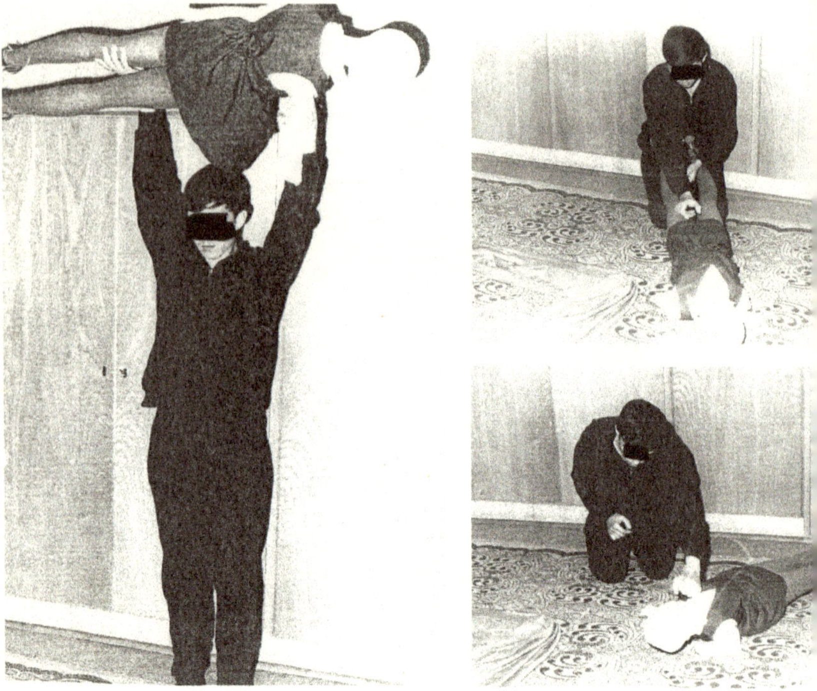

Da das Kind wieder geschrien habe, habe er es am rechten Arm und linken Oberschenkel gefasst, es hoch über seinen Kopf gehoben und zu Boden geworfen. Danach habe er festgestellt, dass das Kind mit dem Rücken auf einer Mauer lag (Bild links). Er kniete sich zwischen die Beine des Kindes, wobei er dieses an den Hüften gefasst und zu sich herangezogen haben will. Jetzt habe er den Geschlechtsverkehr durchführen wollen. Mit seiner rechten Hand habe er im Genitalbereich der Geschädigten manipuliert, zur Durchführung des Geschlechtsverkehrs sei es nicht gekommen (Bild rechts oben). Ausgehend von der vorhergehenden Handlung und noch neben dem Kind kniend habe er mit seiner linken Hand einen Faustschlag gegen das Gesicht des Kindes geführt (Bild rechts unten).

Am 26. Juli 1984, zwei Tage nach der Rekonstruktion, bewertete MR Dr. med. W. Wolf in einem gerichtsärztlichen Gutachten die Rekonstruktion mit dem Tatverdächtigen und beantwortete die Frage, ob die von ihm über den Handlungsablauf gegebene Darstellung mit den Sektionsbefunden übereinstimmt und sich die übrigen gerichtsmedizinischen Befunde ebenfalls einordnen lassen. Dazu wurden die Handlungen in sieben Phasen untergliedert und einzeln beurteilt. Das Fazit wollen wir zitieren:

*Aus der bevorstehenden Bewertung wird erkennbar, dass die bei der Sektion gefundenen Verletzungen durch den vom Täter demonstrierten Tatablauf erklärbar sind.*

*In die Bewertung wurden nicht alle Detailverletzungen einbezogen (z. B. kleinere Hämatome an Armen und Beinen). Hier ist auch eine direkte Klärung durch den Täter nicht zu erwarten, vielmehr ergibt sich eine zwanglose Einordnung dadurch, dass das Kind mehrfach auf der Erde bewegt wurde.*

*Wenn durch den Gutachter die Auffassung einer Übereinstimmung zwischen Sektionsbefunden und Täteraussagen konstatiert wird, muss jedoch einschränkend festgestellt werden, dass damit nicht ausgeschlossen ist, dass zum Beispiel die Zahl der Einwirkungen (Faustschläge, Tritte usw.) größer war als angegeben. Bei der Vielzahl der Handlungen in kurzer Zeit dürfte eine Präzisierung durch den Täter kaum zu erwarten oder gar möglich sein.*

*Wesentlich ist, dass sich die vom Beschuldigten dargestellten Tatphasen voll im Sektionsbefund widerspiegeln und sich auch die zusätzlich durchgeführten Untersuchungen (Alkoholbefund, Täterverletzungen, serologische Befunde) widerspruchslos einordnen lassen.*

Aufgrund der Kompliziertheit des Tatablaufes sei eine Ladung des Sachverständigen zur Hauptverhandlung und mündlichen Vertretung der Gutachten zu empfehlen – so schließt das Gutachten.

Wir wollen an dieser Stelle hervorheben, dass vom Gutachter bemerkenswerterweise auch aussagepsychologische Erkenntnisse angewandt worden sind. »Da man im Unterschied zum Zeugen beim Beschuldigten regelmäßig auf die Lüge eingestellt ist«, schreibt der DDR-Kriminalpsychologe und Jurist Prof. Dr. Axel Römer, »kommt man oft jedoch gar nicht auf den Gedanken, dass sich *auch Beschuldigte irren können.*« Und dass sie bei komplexen, schnell ablaufenden Geschehnissen einfach die Übersicht verlieren.

Am 25. Juli 1984 erhielt die BDVP Schwerin, Kriminalpolizei, die für den Vorgang nicht mehr zuständig war, ein *Gutachten über Textilfaser-, Boden- und botanische Untersuchungen zum Vorgang »Verdacht der vorsätzlichen Tötung«*, Tgb.-Nr. 348/84 des VPKA Parchim, verfasst von Experten des KI der Deutschen Volkspolizei. Die Untersuchungsmaterialien waren am 11. Juli 1984 in Berlin eingegangen. Die Gutachter schrieben in der Zusammenfassung, dass die im Gutachten ausführlich dargestellten Ergebnisse durch einen Kontakt der Kleidungsstücke des Verdächtigen mit den Kleidungsstücken des getöteten Mädchens und dem Ereignisort zu erklären waren. Das war natürlich eine Aussage, die für die Beweisführung von enormer Bedeutung war. Die genauen Ergebnisse waren:

- Faserübertragungen und -überkreuzungen der Bekleidung der Geschädigten Diana Schumann und des Verdächtigen Nikolai Jurewitsch,
- weitgehende Überstimmung der Bodenspuren von dem Schuh (VM 6) des Verdächtigen Nikolai Jurewitsch mit den Bodenproben vom Ereignisort (VM 12 bis VM 15 und VM 17, siehe S. 119 f.),
- Übereinstimmung der botanischen Spuren vom roten Schürzenkleid (Spur 7) der Geschädigten Diana Schumann, vom blauweiß gemusterten Schlüpfer (VM 4) und von den dunkelblauen Socken (VM 5) des Verdächtigen Nikolai Jurewitsch mit dem botanischen Material vom Tatortbereich.

Im Laufe des Ermittlungsverfahrens wurde Nikolai Jurewitsch mehrfach als Beschuldigter vernommen. Fast 200 Protokollseiten befinden sich in den Akten. In seiner Vernehmung am 20. Juli 1984 äußerte er sich zu seinen Gewalttätigkeiten. Wir erfahren, dass er im Alter von 17 und 18 Jahren mehrfach versucht hat, Frauen beziehungsweise Mädchen zu sexuellen Kontakten zu bewegen. Einmal, als er nach einer Tanzveranstaltung angetrunken war, habe er eine junge Frau zwei- oder dreimal geschlagen, so dass sie hinfiel. Daraufhin ließ er von ihr ab. Hinterher habe sie sich auch nicht beschwert oder Anzeige erstattet. Auch erzählte er:

*Ich muss einschätzen, dass ich recht schnell aufbrausend bin. Unter der Einwirkung von Alkohol neige ich noch eher dazu. Dadurch geriet ich bis zu meiner Armeezeit mehrfach in Schlägereien. Als ich noch in meinem*

*Heimatort wohnte, verging kaum eine Woche, in der ich mich nicht geschlagen habe. Dies geschah aber meist mit anderen Jugendlichen aus dem Ort zusammen. Im Allgemeinen neige ich aber meiner Meinung nach nicht zu Gewalttätigkeiten.*

*Ich muss hierzu noch sagen, dass ich gemeinsam mit anderen Jugendlichen aus meinem Heimatort in der Sowjetunion bei einer Person aus diesem Ort einen Monat lang eine Karateausbildung erhielt. Dies geschah illegal. Wir zahlten der Person dafür drei Rubel pro Woche. Hierbei lernte ich verschiedene Karatetechniken zur Selbstverteidigung, auch entsprechende Handkantenschläge.*

*Mir sind die möglichen Wirkungen von Handkantenschlägen bekannt. Ich weiß, dass man je nach Dosierung der eingesetzten Kraft einen Gegner durch Handkantenschläge außer Gefecht setzen oder sogar töten kann. Mir ist auch klar, dass mein Handkantenschlag, den ich in das Gesicht des Mädchens führte und den ich ohne Beherrschung mit aller Kraft ausgeführt habe, mit tödlichen Folgen für das Kind verbunden sein konnte, ja musste.*

Die Kreisdienststelle Parchim des MfS kümmerte sich darum, keine Unruhe in der Bevölkerung aufkommen zu lassen und antisowjetischen Stimmungen entgegenzuwirken. Die *Schweriner Volkszeitung* (SVZ) sollte in einer kurzen Zeitungsmeldung über die Inhaftierung des Täters und die Einleitung eines Ermittlungsverfahrens informieren und der Bevölkerung für die Unterstützung danken. So steht es in einem Schreiben der KD Parchim an die Abteilung IX der BV Schwerin vom 9. Juli 1984. Die Notiz erschien am 10. Juli 1984 im Parchimer Lokalteil der SVZ. Allerdings wurde der Bevölkerung darin nicht gedankt. Einen Tag darauf veröffentlichte die SVZ auf der Parchimer Seite eine Traueranzeige für Diana Schumann.

**Tötungsdelikt sofort aufgeklärt**

Am 7. Juli kam es um 17.40 Uhr im Buchholz bei Parchim zu einem Tötungsdelikt, bei dem das Kind S. getötet wurde. Sofort eingeleitete Fahndungsmaßnahmen führten durch aktive Unterstützung der Bevölkerung zur Festnahme des Täters. Er wurde in Haft genommen und ein Ermittlungsverfahren eingeleitet.

Schweriner Volkszeitung, veröffentlicht unter der Lizenznummer 112.
Anschrift der Kreisredaktion: 2850 Parchim, Buchholzallee 1, Telefon: 27 77.
Kreisredakteure: Anneliese Dauksch (Leiter der Redaktion), Hanni Reuter, Uwe Köhnke.
Anzeigenannahme: In Annahmestellen der Dienstleistungsbetriebe, für Todesanzeigen in Bestattungseinrichtungen. Gültige Anzeigenpreisliste Nr. 10. Artikel-Nummer (EDV) 22 909. ISSN 0232–3982

Notiz aus der *Schweriner Volkszeitung* vom 10. Juli 1984

Es sollte auch eine Absprache mit dem zuständigen Abwehroffizier der GSSD, Major Rafalski, erfolgen, um über den Kommandeur der Einheit der GSSD, Hauptmann Raschkow, konkrete präventive Maßnahme einzuleiten: »Erhöhung der Sicherheit in den Objekten der GSSD Parchim, Flörkestraße und Karl-Marx-Straße, Sperrung der Objekte der GSSD für DDR-Bürger zum Einkauf und Gaststättenbesuch, verstärkte Außensicherung der Objekte durch den Einsatz von Streifenposten 1:4 am Tage und in der Nacht, Verbot an alle Angehörigen der GSSD zum Aufsuchen von Gaststätten im Stadtgebiet von Parchim.«

Die Bevölkerung erwarte, heißt es in einem Stimmungsbericht der KD Parchim an die Abteilung IX der BV Schwerin vom 9. Juli 1984, dass der Täter die Höchststrafe erhalte und zum Tode verurteilt werde. »Durch das offensive Vorgehen in der Argumentation konnte anfänglichen Unklarheiten, Vermutungen und Spekulationen wirksam begegnet werden. Begrüßt wird, dass den Eltern durch die staatlichen Organe Hilfe und Unterstützung gewährt wird.«

Und in einem weiteren Schreiben der KD an die BV vom 20. Juli 1984 lesen wir, dass sämtliche in Vorbereitung der Beisetzung des Kindes erforderlichen organisatorischen Probleme und damit im Zusammenhang anfallenden Kosten vom Rat des Kreises Parchim übernommen werden würden. Weiterhin wurde durch einen der Familie Schumann nahestehenden Arzt eine durchgängige Betreuung der Mutter des Opfers gesichert; Frau Schumann war im fünften Monat schwanger. Zudem wurde dem Ehepaar Schumann eine gemeinsame Kur im September gewährt. »Über Sonderkontingent wurde eine vorzeitige Auslieferung einer Pkw-Anmeldung realisiert, da das Ehepaar Schumann ihren Wohnsitz in den nächsten Monaten vorübergehend nach (…) zu den Eltern der Ehefrau verlegen will, um so ohne Probleme zur Arbeit zu gelangen.« Weiterhin wurde Herr Schumann vom Reservedienst in der NVA in den Monaten Oktober und November 1984 zurückgestellt, da seine Ehefrau in dieser Zeit entbinden würde. Eine bezahlte Freistellung von Herrn Schumann für zehn Arbeitstage durch den Betrieb wurde ebenfalls genehmigt, so konnte er sich »um die gesundheitlich stark angegriffene und krankgeschriebene Ehefrau kümmern«. Zu all diesen Fragen gab es eine Abstimmung mit dem Vorsitzenden des Rates des Kreises Parchim.

In der vorletzten Vernehmung von Nikolai Jurewitsch am 25. Juli 1984 ging es um die Ergebnisse der Tatortrekonstruktion, die am 24. Juli 1984 durchgeführt worden war. Leutnant Adam hielt dem Beschuldigten vor, dass er bei der Rekonstruktion weitergehende Angaben als in den Vernehmungen zuvor gemacht habe, insbesondere zu der an dem Opfer vorgenommenen Gewaltanwendung.

Auch hier rufen wir Prof. Dr. Axel Römer in den wissenschaftlichen Zeugenstand, der zwar nicht den Begriff der Rekonstruktion, aber den der Aussagendemonstration verwendet und damit diese Maßnahme aus einem anderen Blickwinkel betrachtet. Er schrieb im selben Jahr, in dem der brutale Mord an Diana Schumann geschah: »Mit einer Aussage kann gleichzeitig die Demonstration ihres Inhaltes verbunden werden. Eine solche Demonstration erhöht den Grad der Anschaulichkeit verbaler Äußerungen, überprüft und belegt auch den Wahrheitsgehalt der Aussage; gleichzeitig wird das motorische Gedächtnis aktiviert, so dass unter Umständen die Angaben noch präzisiert und erweitert werden können.« Nikolai Jurewitsch gab dem Wissenschaftler recht: »Wie ich bereits eingangs in der heutigen Vernehmung sagte, habe ich mich im Verlauf der am gestrigen Tage durchgeführten Rekonstruktion an verschiedene Umstände wieder erinnern können und vermochte dadurch meine bisherigen Aussagen in einzelnen Punkten zu berichtigen beziehungsweise zu ergänzen.« Schritt für Schritt gab Jurewitsch alles zu.

Kurz vor Beendigung des Ermittlungsverfahrens wurde Nikolai Jurewitsch um eine abschließende Stellungnahme gebeten, die er am 26. Juli 1984 verfasste:

*Als ich sah, dass das Mädchen zurückgeblieben war, ging ich auf sie zu und fasste sie an die Hand. Dabei kam mir der Gedanke, sie sexuell zu missbrauchen. Als ich sie an die Hand nahm, schrie sie. Ich nahm sie auf beide Arme und hielt ihr mit der rechten Hand den Mund zu, damit sie nicht schrie. Aber unter meiner Hand schrie sie noch, aber leiser. Ich ging schnellen Schrittes mit ihr in die Tiefe des Waldes. Dort stellte ich sie auf die Beine. Warum ich sie gerade an dieser Stelle aufstellte, kann ich nicht erklären. Dann zog ich ihr das Kleid aus und begann die Strumpfhose herunterzuziehen. Ich fasste sie dabei mit beiden Händen an den Füßen und zog sie an mich. Im Ergebnis dabei fiel das Mädchen auf den Rücken, als ich begann die Strumpfhose auszuziehen. Das Mädchen schrie dabei so laut, dass mich das rasend machte. Ich nahm sie mit der linken Hand am Hals und mit der rechten Hand am Fuß und hob sie so über meinen Kopf hoch und warf sie mit Kraft. Als ich mich über sie beugte, sah ich, dass sie auf dem Beton liegt. Ich drehte sie quer zum Beton, und sie schrie wiederum. Mich machte das noch rasender, und ich hob sie wieder mit ausgestreckten Armen über meinen Kopf hoch und warf sie auf den Boden. Danach schrie sie nicht mehr. Als ich sie drehte, trat ich ihr in die linke Seite. Als ich sie gedreht hatte, kniete ich nieder und zog das Mädchen an den Beinen näher zu mir heran. Ich zog sie so heran, dass ihre Beine auf meinen Knien lagen und ihre Füße auf meinen Hüften waren. Danach nahm ich mein Geschlechtsteil heraus, mit der linken Hand hielt ich sie an der Hüfte. Als ich mein Geschlechtsteil in die Scheide des Mädchens einführte, schrie sie auf. Und ich schlug sie dabei mit ineinander verschränkten Fingern beider Hände in den Bereich des Brustkorbes. Danach versuchte ich ein zweites Mal, mein Geschlechtsteil in das Mädchen einzuführen. Ich nahm sie wiederum mit beiden Händen an den Hüften und zog sie näher zu mir heran. Danach hielt ich in der linken Hand mein Geschlechtsteil und erweiterte mit der rechten die Scheide des Mädchens. Dabei hat sie entweder gepiepst oder einen Laut von sich gegeben. Ich stieß sie von mir und fügte ihr sofort einen Schlag mit der linken Faust in Richtung Kinn bei, danach mit der rechten Handkante in Richtung Nase und Kinn. Ich schlug mit Kraft zu, so dass bei ihr Blut floss. Hier kam ich etwas zu mir, konnte mich aber nicht beherrschen. Danach stand ich auf, schloss meine Hose und schlug nochmals mit dem Fuß das Mädchen in die Seite. Danach beugte ich mich über sie, drehte ihren Kopf zu mir. Hier verstand ich, dass ich etwas Verbrecherisches getan habe. Mir wurde angst vor diesem kleinen Menschen. Ich lief vor Schreck von ihr weg.*

*Warum ich das alles getan habe? Ich kann dazu nur sagen, ich war stark erregt, konnte mich nicht beherrschen, war erbost, dass es mir nicht gelang. Mir war nicht bewusst, was ich tue mit diesem schutzlosen Mädchen. Jetzt sehe ich das als eine unüberlegte Handlung meines Tuns in Bezug auf das Mädchen.*

*Aber ich gestehe ein, dass ich schuldig bin an allem, was geschehen ist, und bereue es.*

In seiner allerletzten Vernehmung am 27. Juli 1984 wurden Nikolai Jurewitsch die Gutachten der Schweriner Gerichtsmediziner sowie auch das Gutachten des Kriminalistischen Instituts der Deutschen Volkspolizei Berlin zur Kenntnis gegeben. Er erkannte sämtliche in den Expertisen formulierten Beweistatsachen an und hatte keine Fragen. Daraufhin verfasste Leutnant Adam von der Untersuchungsabteilung der BV Schwerin des MfS den Schlussbericht im Ermittlungsverfahren gegen den Angehörigen der GSSD und Staatsbürger der UdSSR. Adam betonte, dass der Beschuldigte für seine Handlungen geständig und es eindeutig bewiesen sei, dass er die Tat begangen habe. Zur Persönlichkeit wird darin ausgeführt: Nikolai Jurewitsch war 1962 im Kreis Sosnowski, Bezirk Gorki, geboren. Er wohnte im Kreis Tschechow, Bezirk Moskau, mit einer »Nebenwohnung« in der GSSD-Garnison Parchim, Index 195/64. Sein letzter Dienstgrad war Fähnrich. Er hatte keine Kinder, er war russischer Nationalität. Nach eigenen Angaben war er nicht vorbestraft. Wörtlich heißt es im Schlussbericht weiter:

*Die nachfolgend angeführten Darlegungen zur Person des Beschuldigten Jurewitsch beruhen auf dessen Aussagen. Der Beschuldigte Jurewitsch entstammt einer Arbeiterfamilie. Sein Vater verunglückte 1978 bei einem Verkehrsunfall tödlich. Die Mutter des Jurewitsch ist als Köchin tätig.*

*Von 1970 bis 1978 besuchte Jurewitsch an seinem Wohnort acht Klassen der allgemeinbildenden Schule, wobei er befriedigende Leistungen erreichte.*

*In einer Baukolonne in der Stadt Tschechow arbeitete Jurewitsch danach zwei Jahre als Maurer und erlangte dabei einen entsprechenden Berufsabschluss.*

*1980 absolvierte er eine dreimonatige Ausbildung als Kraftfahrer, die er mit einem Berufsnachweis abschloss. Bis zu seiner Einberufung zu den sowjetischen Streitkräften am 14. November 1981 war Jurewitsch als Kraftfahrer im Sowchos seines Heimatortes (…) tätig.*

*Von 1979 bis 1981 besuchte er in seiner Freizeit die Abendschule und erreichte den Abschluss der 11. Klasse mit überwiegend guten Leistungen.*

*Nach der Einberufung zum Wehrdienst war Jurewitsch zunächst als Soldat der GSSD in der Garnison Perleberg stationiert, und nach seiner Verpflichtung zu weiteren fünf Jahren Dienstzeit und der Absolvierung einer halbjährigen Fähnrich-Ausbildung versah er seit dem 14. November 1983 seinen Dienst in der Garnison Parchim.*

*Der Beschuldigte Jurewitsch hatte am Sonnabend, dem 7. Juli 1984, bis gegen 11.00 Uhr in seiner Einheit Dienst und nahm danach seinen Angaben zufolge bis in die frühen Nachmittagsstunden gemeinsam mit den Angehörigen der GSSD Fähnrich Malakow und Leutnant Jurow alkoholische Getränke zu sich. Er will etwa 0,5 l Wodka und 8 Flaschen Hellbier zu 0,33 l getrunken haben.*

Am 28. Juli 1984 ersuchte Generalmajor Korth, der Leiter der BV Schwerin des MfS, die Militärstaatsanwaltschaft Schwerin, gemäß § 147 Ziff. 7 StPO mit Wirkung vom 30. Juli 1984 die Abgabe der Sache zur weiteren Strafverfolgung an den Heimatstaat des Beschuldigten Jurewitsch zu verfügen. Die rechtliche Grundlage dafür bildete der Artikel 7 des Stationierungsabkommens. Oberstleutnant Pohle von der Militärstaatsanwaltschaft Schwerin verfügte daraufhin (Aktenzeichen BV_SU_147/84 Sch.) am 30. Juli 1984 dessen Überstellung an den Militärstaatsanwalt der GSSD. Entsprechend des Artikels 7 des Stationierungsabkommens musste der Originalvorgang zur Übertragung der Rechtsprechung übergeben werden.

Die Auslieferung erfolgte am 30. Juli 1984 um 11 Uhr in Berlin. Neben der Ermittlungsakte wurden die Beweismittel und Wertsachen sowie eine Tonbandkassette der Erstvernehmung ausgehändigt. Zuvor war Nikolai Jurewitsch mit Vollzugs- und Gesundheitsunterlagen an die UHA des MfS in Hohenschönhausen übergeben worden, wie das Protokoll vom 30. Juli 1984 beweist.

Viele Fragen bleiben offen. Wir hatten diesen Kriminalfall schon geschrieben, da fiel uns noch das *Protokoll über die durchgeführte Gegenüberstellung am 07.07.1984 im Volkspolizei-Kreisamt Parchim* in die Hände, das uns über die Wahlgegenüberstellung in der Nacht vom 7. zum 8. Juli 1984 Aufschluss gibt. Wir erinnern uns: die Zeugen Marion Nagelsmann, Gerda und Herbert Wagenknecht, Anna und Günter Grellmann erkannten den Mann sicher wieder. Zuvor war der Verdächtige durch den Hauptmann der K Vanerka und eine Dolmetscherin von der Wahlgegenüberstellung in Kenntnis gesetzt worden. Man belehrte ihn, dass er selbst festlegen könne, an welcher Stelle er stehen möchte. Die Nummerierung der Personen von in etwa gleicher Größe, Haarfarbe und ähnlicher dunkler Kleidung erfolgte von links nach rechts mit 1 bis 6. Die in unserem Bericht genannten Zeugen erkannten den Verdächtigen, der seine Stelle von einem zum anderen Mal wechselte, eindeutig als die Person wieder, die sie wahrgenommen hatten. Eine andere Zeugin konnte sich nur mit einer »gewissen Wahrscheinlichkeit« auf den Verdächtigen festlegen. Sie hatte ihn mit einem Kind weglaufen sehen.

Personen der Wahlgegenüberstellung. Bei der Person Nummer 3 handelt es sich um den Tatverdächtigen. Anlagekarte zum Gegenüberstellungsprotokoll vom 8. Juli 1984

Man muss den Parchimer Kriminalisten lobend bescheinigen, dass sie schnell und mit fachlicher Kompetenz gehandelt haben.

Und was ist aus dem Kriminalfall geworden, bei dem ein Mann die 14-jährige Schülerin Ilona Reichenberger vergewaltigt hatte? Als Verdächtiger wurde der Angehörige der GSSD Gulijew ermittelt. Der sowjetische Militärstaatsanwalt sagte den deutschen Ermittlern »sofortige Unterstützung« zu. Aus den uns vorliegenden Akten geht leider nicht hervor, ob und wie die Angelegenheit weiter verfolgt wurde.

Aus einem Aktenvermerk von Untersuchungsführer Adam vom 11. Juli 1984 wissen wir, dass Generalmajor Maljukin zugesichert hat, die Vernehmung der Personen zu veranlassen, die mit Jurewitsch am Tattag Alkohol getrunken hatten, sowie die der Zivilbeschäftigten, mit der Jurewitsch eine Woche vor der Tat sexuellen Kontakt gehabt hatte. Auch Ermittlungen zur Person des Jurewitsch wollte er anordnen. Belege, dass dies alles geschah, fanden wir in den Akten nicht.

Und Nikolai Jurewitsch? Ist er tatsächlich in Moskau zwei Monate lang von einem Psychiater untersucht worden, wie Generalmajor Maljukin bei seinem Besuch in der BV Schwerin angekündigt hatte? Hat er überhaupt noch einmal sein Heimatland wiedergesehen? In der DDR konnte er jedenfalls nicht mehr ausfindig gemacht werden. Wir können davon ausgehen, dass an ihm ein irgendwo von irgendwem gefälltes Todesurteil vollstreckt wurde.

Am Ende dieses Berichts wollen wir darüber nachdenken, wie es wohl den Zeugen und Beteiligten in den Jahren nach der scheußlichen Tat ergangen sein mag. Ihr Verhalten mutete an entscheidenden Stellen seltsam an. Ein Kind wird vor den Augen der betreuenden Person entführt, ohne dass diese etwas dagegen tut. Eine andere Frau sieht im Unterholz die gespreizten Beine des Kindes und einen Mann darübergebeugt und bleibt tatenlos. Ein Dritter will gar nichts gesehen haben. Man kann nun diskutieren, ob für die Zeugen und Beteiligten tatsächlich eine Chance bestand, Diana Schumann aus der Gewalt von Nikolai Jurewitsch zu befreien und damit zu retten. Das wäre aber reine Spekulation, die nur auf Annahmen basieren würde. Neue Fakten werden wir nicht mehr erfahren. Der Fall ist abgeschlossen.

Die Zeugen und Beteiligten wird er aber wohl bis in ihre Träume verfolgt haben. Vielleicht träumten sie gar von unwirklichen, sehr hohen Stimmen, die aus ihnen in die leere Finsternis sprachen, wie der in der DDR sehr bekannte sowjetische Schriftsteller Valentin Rasputin einmal schrieb. Wenn ja, waren auch die Stimmen von Diana und ihrer Eltern dabei? Oder formten sich nur unbekannte Stimmen, die aus ihnen selbst kamen? Wiederholten die magischen Stimmen nur, was die Anwesenden nach dem Mord in Verwirrung, Angst und Wut immer wieder dachten? Vielleicht erfuhren sie auf diesem wundersamen Weg etwas, was sie tagsüber in Worte fassen konnten. Und vielleicht schlossen diese Worte den Fall auch für sie ab.

Denn das Leben ist kein Strich, sondern ein Wirbel, der aber irgendwann zur Ruhe kommen muss.

## Brudermord

Fürstenberg/Drögen 1987

Im Verzeichnis der Feldmarken des Amtes Fürstenberg aus dem 15. Jahrhundert finden wir die Feldmark Drögen, die zu dieser Zeit unbewohnt und daher als Wüste ausgewiesen war. Natürlich keine kleine Sahara im heutigen Sinne des Begriffs, sondern eben eine öde Gegend. Unbebaut, leer, einsam, verlassen, hässlich oder unschön - was im damaligen Mittelhochdeutschen eben *wüeste* oder *wuoste* bedeutete.

Später siedelten dort Menschen, und es entstand ein kleines Dorf im Herzogtum und später Großherzogtum Mecklenburg-Strelitz, südlich der Kleinstadt Fürstenberg. In den Jahren 1942/43 ließen die Nazis dort Kasernenanlagen errichten, in denen sie Mitarbeiter der berüchtigten Sicherheitspolizei ausbildeten. Zu Zeiten der DDR wurde Drögen ein Ortsteil von Fürstenberg, im Nordosten des Bezirks Potsdam gelegen.

Am 30. April 1945 befreite die Rote Armee das Konzentrationslager Ravensbrück im Nordosten von Fürstenberg. Dort waren Zehntausende Frauen, zum Teil mit ihren Kindern, von den Nationalsozialisten ermordet worden. Nach der Befreiung quartierte sich die Rote Armee dauerhaft in den Kasernen des Feindes, der Sicherheitspolizei, ein, und das wurde schließlich zwei jungen Männern, die in unmittelbarer Nähe zum

GSSD-Objekt in Drögen wohnten, zum Verhängnis. Die beiden waren Brüder und hießen Uwe und Christian Baer.

In der Kriminologie ist der Begriff des Brudermords eindeutig bestimmt – es ist die Ermordung des eigenen Bruders. Der erste Brudermörder war der Bauer Kain, der älteste Sohn von Adam und Eva – will man dem Alten Testament glauben –, der seinen Bruder Abel erschlug. Was sich in Drögen ereignete stellt dagegen eine neue Definition des Brudermords dar: die Tötung zweier Brüder durch einen »Waffenbruder« und »Freund«. So wurden die Befreier, die Sowjetsoldaten und -offiziere, im Rahmen der unantastbaren deutsch-sowjetischen Freundschaft gern bezeichnet.

Es gibt eine offizielle Version des Tathergangs, die wie folgt lautet: Am Donnerstag, dem 11. Juni 1987, gegen 18 Uhr tötete der 19-jährige Soldat der GSSD, Anatoli Knish, der sich im Wachdienst befand, durch zwei Feuerstöße aus seiner MPi AK-74, Nr. 81/1089423 den 19-jährigen Uwe und den 16-jährigen Christian Baer; die Brüder hielten sich im als Sperrgebiet gekennzeichneten Bereich des GSSD-Objekts Fürstenberg/Ortsteil Drögen auf, um Schrott zu sammeln. Die seitens der HA IX/7 und der Abteilung IX der BV Potsdam des MfS im Zusammenwirken mit dem Militäroberstaatsanwalt der DDR und dem zuständigen Militärstaatsanwalt der GSSD geführten Untersuchungen ergaben folgende Ergebnisse:

Der GSSD-Soldat Anatoli Knish war vom 10. Juni 1987, 19 Uhr, bis 11. Juni 1987, 19 Uhr, zum Wachdienst eingeteilt, also 24 Stunden lang! Seit 17 Uhr des 11. Juni 1987 befand er sich im vierten Aufzug auf einem Postenturm an der westlichen Begrenzungsmauer des Kasernenobjekts Drögen. Nach seinen Aussagen beobachtete er in der Zeit zwischen 17.15 und 17.45 Uhr von seinem Postenturm aus die später Geschädigten Uwe und Christian Baer, die sich in Arbeitskleidung in dem als Sperrgebiet gekennzeichneten Waldstück aufhielten und dann mit einem weißen Moped mit Anhänger in westliche Richtung fortfuhren. Hinsichtlich der Feststellung dieser Personen erstattete der Soldat Knish beim Wachhabenden aber keine Meldung.

Gegen 18 Uhr bemerkte Anatoli Knish eine ihm unbekannte männliche Person in einer blauen Arbeitskombination, die sich in ungefähr 40 Metern Entfernung innerhalb der Objektbegrenzung bewegte. Bei dieser Person handelte es sich um Christian Baer. In der Absicht, diesen festzunehmen, verließ der Posten entgegen den Festlegungen in der »Vorschrift für den Garnisons- und Wachdienst der Streitkräfte der UdSSR« seinen Postenturm. Seine Pflicht wäre es gewesen, über die ihm zur Verfügung stehende Alarmanlage den Wachhabenden zu verständigen, um so die Festnahme einzuleiten. Während der Wachsoldat nach Verlassen des Postenturms auf Christian Baer zulief, forderte er diesen in Russisch und Deutsch auf stehen zu bleiben beziehungsweise drohte die Anwendung der Schusswaffe an. Nach Aussagen des Soldaten Knish kam Christian Baer den Aufforderungen nicht nach, überstieg an einer geeigneten Stelle die Objektbegrenzung und entfernte sich schnellen Schrittes in Richtung des als Sperrgebiet gekennzeichneten angrenzenden Waldstücks. Der Wachsoldat überwand ebenfalls die Objektbegrenzung und verfolgte den Jugendlichen, der nun bei Erreichen des Waldrands einen mitgeführten Hammer hinter sich in Richtung des Postens Knish warf, ohne ihn zu treffen. Der Hammer kam ein bis zwei Meter vor dem Wachsoldaten auf dem Waldboden zum Liegen, wo er später aufgefunden wurde. Etwa 25 Meter von der Objektbegrenzung entfernt holte der Posten Christian Baer ein und brachte diesen mit vorgehaltener Waffe zum Stehen. Daraufhin kniete sich Christian Baer auf den Waldboden, machte eine für den Posten unverständliche Äußerung und gab durch sein Verhalten zu erkennen, dass er nicht mehr fliehen wollte. Zu diesem Zeitpunkt trat Uwe Baer unvermittelt aus einem Gebüsch, deutete seinem Bruder an aufzustehen, griff mit der rechten Hand an den Lauf der MPi und führte mit der linken Hand einen Schlag gegen den rechten Oberarm des Wachsoldaten Knish aus, wodurch dieser zu Fall kam. Durch diese Handlung des Uwe Baer fühlte sich der Posten bedroht, lud und entsicherte seine Waffe und gab aus halb liegender Position einen Feuerstoß auf den in zwei Metern Entfernung vor ihm stehenden Uwe Baer ab. Dieser brach, offensichtlich im Oberschenkelbereich getroffen, zusammen und fiel in Bauchlage auf den Waldboden.

In dieser Zeit entfernte sich der zunächst vom Posten verfolgte Christian Baer zehn Meter, blieb dann stehen und erhob die rechte Hand, in der er einen Sack hielt.

Diese Handlung deutete der Wachsoldat entsprechend seinen Aussagen so, dass Christian Baer etwas nach ihm werfen wollte, und gab deshalb unmittelbar danach aus gleicher Position einen Feuerstoß auf Christian Baer ab. Dieser brach getroffen zusammen und lag in Rückenlage.

Nach Abgabe der Feuerstöße kam ein weiterer sowjetischer Soldat hinzu. Diesen forderte der Posten Knish auf, den Wachhabenden zu verständigen und sofort medizinische Hilfe herbeizuholen. Durch die sowjetische Kommandantur wurde um 18.15 Uhr der ODH des VPKA Gransee von dem Vorkommnis informiert. Der ODH forderte sofort die Schnelle Medizinische Hilfe an. Durch den diensthabenden Arzt, Dr. Kind, konnte um 18.50 Uhr nur der Tod der Brüder Baer festgestellt werden.

Die am 12. Juni 1987 im Institut für Gerichtliche Medizin der Militärmedizinischen Akademie in Bad Saarow durchgeführte, gerichtliche Obduktion ergab folgende Befunde: Die Leiche von Uwe Baer wies am rechten Oberschenkel eine Durchschussverletzung auf, die von vorn nach hinten um 45 Grad anstieg. Der Einschuss befand sich an der Vorderseite oberhalb des Knies, während der Ausschuss unterhalb der rechten Gesäßhälfte lag. Als Todesursache stellten die Gerichtsmediziner »Verbluten infolge Zerreißung der Oberschenkelschlagader« fest.

An der Leiche des Christian Baer wurde auf dem Rücken im Bereich des linken Schulterblattes ein Einschuss vorgefunden. Das Projektil wurde in der Mundhöhle unmittelbar an der linken oberen Zahnreihe gefunden. Als Todesursache wurde eine Zerreißung der linken unteren Schlüsselbeinvene und der Halsschlagader diagnostiziert.

Bei beiden Personen lag zum Tatzeitpunkt keine alkoholische Beeinflussung vor.

Am Ereignisort wurden eine MPi vom Typ AK-74, Nr. 81/1089423, ein Magazin und 24 Patronen, Kaliber 5,45 mm, gesichert. Nach Angaben des sowjetischen Militärstaatsanwalts hatten sich beim Wachantritt 30 Patronen in dem sichergestellten Magazin befunden.

Die ballistischen Untersuchungen der MPi ergaben, dass mit dieser Waffe nach ihrer letzten Reinigung geschossen worden war. Die vier am Ereignisort aufgefundenen Patronenhülsen, Kaliber 5,34 mm, wurden aus der AK-74, Nr. 81/1089423 geschossen. Gleichfalls wurde das in der Mundhöhle von Christian Baer gesicherte Projektil aus dieser Waffe verschossen. An der MPi befanden sich keine daktyloskopischen Spuren.

Nach der Untersuchung der Bekleidung der Geschädigten und der Waffe zur Schussentfernungsbestimmung konnte ein absoluter oder relativer Nahschuss unter 70 Zentimetern ausgeschlossen werden.

Die Fundorte der Patronenhülsen, die Liegeorte der Leichen, die anatomisch-topografische Lage der Schusskanäle und die festgestellten Schussbeschädigungen an zwei Bäumen und die sich daraus ergebenden Schusswinkel und Schussrichtungen stimmten überein mit den Aussagen des Wachsoldaten Knish zum Handlungsablauf sowie zu seinem Standort und seiner Position bei der Abgabe der Feuerstöße. Hinweise oder Beweise für einen Aufenthalt des Christian Baer innerhalb der Objektbegrenzung konnten gutachterlich nicht erbracht werden.

Der als Zeuge vernommene Vater der Opfer sagte aus, dass seine Söhne am 11. Juni 1987 gegen 17 Uhr die elterliche Wohnung verlassen hätten, um im Bereich des späteren Ereignisortes Schrott zu sammeln. Zu diesem Zweck führten sie ein Moped S 50 einschließlich Anhänger mit, das in einer Entfernung von 200 Metern vom GSSD-Objekt auf einem Waldweg sichergestellt wurde. Der Vater verwies des Weiteren darauf, dass seine Söhne in der Vergangenheit wiederholt im Bereich der Kaserne Drögen Schrott gesammelt und diesen später veräußert hatten.

Nach Mitteilung des zuständigen Militärstaatsanwalts der GSSD wurde am 12. Juni 1987 gegen den Soldaten Knish zur Klärung der Umstände des Verstoßes gegen die Wachdienstvorschrift und der Schusswaffenanwendung ein Ermittlungsverfahren wegen des Verdachts der Verletzung der Wachdienstvorschrift mit schädigenden Folgen gemäß Artikel 255 StGB der RSFSR eingeleitet. Beim Militärstaatsanwalt der DDR wurde ein Rechtshilfeersuchen gestellt. Durch die HA IX wurden auf dieser Grundlage in Zusammenarbeit mit der Abteilung IX der BV Potsdam und der Technischen Untersuchungsstelle des MfS die notwendigen Berichte und Gutachten gefertigt und an die sowjetische Seite übergeben.

Ermittlungen zur Rechtmäßigkeit des an der Begrenzung des GSSD-Objekts Fürstenberg/Ortsteil Drögen in einer Tiefe von rund hundert Metern errichteten Sperrgebiets ergaben, dass beim zuständigen Referat Liegenschaftswesen der Abteilung Inneres des Rates des Bezirks Potsdam keine Unterlagen vorhanden waren, die dieses Sperrgebiet vertraglich und damit rechtlich absicherten. Darüber hinaus entsprachen die angebrachten Schilder mit der Bezeichnung »Sperrgebiet« nicht den staatlichen Normativen der DDR gemäß der »Verordnung über Sperrgebiete für die Landesverteidigung« vom 26. Juli 1979.

Bereits in den Jahren 1978, 1981 und 1983 waren gleichartige Mängel zu Fragen der Ordnung und Sicherheit, verbunden mit einer unrechtmäßigen und willkürlichen Errichtung von militärischen Sperrgebieten an Objekten der GSSD in Wulkow, Kreis Neuruppin, Wittenberg und Karl-Marx-Stadt festgestellt worden, wo durch Anwendung der Schusswaffe seitens GSSD-Angehöriger Bürger der DDR getötet beziehungsweise schwer verletzt worden waren.

Zur Durchsetzung und Gewährleistung einer stabilen staatlichen Ordnung und Sicherheit an den militärischen Objekten und Sperrgebieten der GSSD wurde vorgeschlagen, die militärischen Sperrgebiete durch Einflussnahme der Arbeitsgruppe des Ministers für Staatssicherheit auf die verantwortlichen Organe im Ministerium für Nationale Verteidigung und im Ministerium des Innern sowie im Zusammenwirken mit Vertretern des Oberkommandos der GSSD auf der Grundlage der Sperrgebietsverordnung überprüfen zu lassen und daraus entwickelte Maßnahmen, wie beispielsweise die ordnungsgemäße Ausschilderung gemäß den staatlichen Normativen der DDR, durchzusetzen.

Zudem erfahren wir: Anatoli Knish war Moldawier und geboren in »Dumbrowen, Kauschansker Bezirk«, Moldauische Sozialistische Sowjetrepublik, und seit Mai 1986 Angehöriger der GSSD in der Garnison Drögen. Seine Schul- und Berufsausbildung bleibt uns unbekannt.

Uwe Baer war von Beruf Schlosser, sein um drei Jahre jüngerer Bruder Christian Teilfacharbeiter in der Forstwirtschaft. Beide wohnten mit ihren Eltern in Drögen, in unmittelbarer Nähe zum Objekt der sowjetischen Armee. Ihre Mutter war 1983 verstorben, ihre Stiefmutter war Staatsbürgerin der UdSSR und kam aus der Estnischen Sozialistischen Sowjetrepublik. Nach Aussagen des ehemaligen Revierförsters, der ebenfalls im Ortsteil Drögen von Fürstenberg wohnte und die Familie Baer seit vielen Jahren kannte, hatten ihm die Brüder selbst erzählt, dass sie sehr oft im und am GSSD-Objekt gewesen waren, um Altmetall zu sammeln.

Am 18. Juni 1987 wurden Uwe und Christian Baer auf dem Friedhof in Fürstenberg beigesetzt. An der Beerdigung nahmen ungefähr 250 Personen, vorwiegend aus dem Stadtgebiet von Fürstenberg, teil. »In der kirchlichen Trauerfeier macht der die Trauerrede haltende evangelische Pfarrer keine Ausführungen, die antisowjetische oder antisozialistische Angriffe enthielten (...). Die soziale und humane Betreuung der Familie ist unter Leitung der Kreisleitung der SED im Zusammenwirken mit dem VEB Schiffselektronik, in welchem der Vater der Geschädigten arbeitet, gewährleistet.« So heißt es im *Bericht über die Ereignisse der Untersuchung zur Schusswaffenanwendung durch den Angehörigen der GSSD, Soldat Knish, am Objekt des GSSD Fürstenberg/OT Drögen, am 11.6.1987* der Hauptabteilung IX/7 des MfS vom 29. Juni 1987, womit der wesentliche Inhalt dieses offiziellen Dokuments wiedergegeben wurde.

Wir wollen auf einige Widersprüche eingehen, einiges ergänzen und Fragen stellen. Die entscheidende Frage, ob es ein Tötungsdelikt oder eine Notwehrhandlung war, kann aus heutiger Sicht wohl beantwortet werden. Es ist davon auszugehen, dass die Aussage von Anatoli Knish nur in einigen Teilen der Wahrheit entsprach, in wesentlichen Teilen jedoch nicht.

Dass die Brüder in der unmittelbaren Umgebung des GSSD-Objekts, aber auch innerhalb der Objektbegrenzung Altmetall sammelten, hatte sich offenbar zu einem Gewohnheitsrecht entwickelt, da es geduldet wurde und die Angehörigen des dort stationierten Gardepanzer-Regiments der GSSD dazu einen Beitrag leisteten, indem sie Buntmetall oft nicht fachgerecht entsorgten, sondern einfach in die Landschaft warfen. Aus anderen Dokumenten geht hervor, dass Uwe und Christian Baer mit den Kindern der sowjetischen Offiziere spielten, sich auch innerhalb des Objekts aufhielten und sogar Kunden im *Magazin* innerhalb der Begrenzung waren, wo es einige Produkte gab, die in der DDR selten verfügbar oder teurer waren. *Magazin* bedeutet im Russischen einerseits Kaufladen oder Geschäft, andererseits auch Patronenmagazin – darauf hinzuweisen ist für diese tragische Geschichte nicht unwesentlich. Die Brüder waren innerhalb und außerhalb der Mauern und Zäune der GSSD also gut bekannt, wenn auch nicht jedem einfachen Soldaten.

Warum schoss nun Anatoli Knish? Fühlte er sich wirklich bedroht? Wurden seine Aussagen auf Druck seiner Vorgesetzten geschönt? Von Letzterem ist auszugehen, denn offensichtlich – so ist es den Akten zu entnehmen – prahlte er zunächst mit seiner Heldentat, einen schweren Angriff auf die Sowjetarmee erfolgreich abgewehrt zu haben. Seine Vorgesetzten machten ihm aber schnell klar, dass das gar keine Heldentat war, sondern ein Ereignis, das einen schweren politischen Schaden hervorrufen konnte. Deshalb korrigierte Knish seine Aussagen immer wieder.

Zu Beginn der Ermittlungen gab er an, zunächst einen Warnschuss abgegeben zu haben. Das hatten ihm offenbar seine Vorgesetzten eingeredet. Am 12. Juni, einen Tag nach den Schüssen, widerrief er seine Aussage. Dies geht aus einem *Protokoll der ergänzenden Zeugenvernehmung*, einer Übersetzung aus dem Russischen, hervor. Er sagte zu seiner Falschaussage: »Das kommt daher, dass, als der Kommandeur des Truppenteils, Oberstleutnant Pentschukow, mich in Anwesenheit vieler Offiziere fragte, ob ich einen Warnschuss abgegeben habe, ich sofort antwortete, dass ich dies nicht getan hatte. Doch sagte einer der hinter mir stehenden Offiziere, dass ich es getan hätte, und da ich annahm, dass das nach der Vorschrift richtig ist, hatte ich später allen gesagt, dass ich einen Warnschuss im Postenbereich abgegeben habe und damit meine Verantwortlichkeit mildern wollte.«

Knish behauptete auch, dass er sich bei der Verfolgung die Kleidung eingerissen habe – im fachlich hervorragenden Gutachten der Technischen Untersuchungsstelle des MfS vom 30. Juli 1987, Expertisennummer 87.0805, heißt es aber: »Gewebebeschädigungen in Form von Rissen o. Ä. befinden sich nicht an den Bekleidungsstücken des Angehörigen der GSSD, Soldat Knish (VM 9 und VM 10).«

Knish sagte nach dem eingangs zitierten Bericht aus, dass Uwe Baer unvermittelt aus einem Gebüsch getreten sei, seinem Bruder angedeutet habe aufzustehen, mit der rechten Hand an den Lauf der MPi gegriffen und mit der linken Hand einen Schlag gegen den rechten Oberarm des Wachsoldaten Knish ausgeführt habe, wodurch dieser zu Fall gekommen sei. In dem Gutachten der Technischen Untersuchungsstelle wurde allerdings festgestellt, dass weder an den Klebebandabzügen von den Händen der Opfer noch an ihren abgeschnittenen Fingernägeln Fasern festgestellt werden konnten, die farblich mit denen der Bekleidung des Angehörigen der GSSD Knish übereinstimmten. Diese Aussage wurde ebenfalls hinsichtlich der Bekleidung, der Arbeitshandschuhe der Brüder und eines mitgeführten Stoffsacks gemacht – auch dort befanden sich keine Fasern von der Bekleidung Knishs, so dass weder eine Berührung noch ein Angriff auf den Soldaten mit naturwissenschaftlichen Mitteln nachweisbar war. Zudem wurden an der Maschinenpistole, am Magazin und an dem fraglichen Hammer keine daktyloskopischen Spuren festgestellt. Die Experten schrieben dazu: »Möglicherweise ist das auf die unsachgemäße Verpackung zurückzuführen, wodurch eventuell vorhandene Papillarleistenspuren unwiederbringlich zerstört wurden.«

Es wurden in dem Gutachten folglich keine Spuren gefunden, die die Aussagen des Soldaten stützten. Die Experten und Kriminalisten wissen, dass die Abwesenheit von Spuren kein Beweis gegen den Wahrheitsgehalt einer Aussage ist. Darauf wollen wir unbedingt hinweisen. Aber es bleiben viele Fragen offen …

Auch hinsichtlich des Angriffs von Uwe Baer auf ihn sagte Knish Unterschiedliches aus. Zuerst hieß es, es sei ein Schlag gegen die Schulter gewesen, dann ein Schlag gegen den Oberarm, zuletzt gegen den Unterarm, von dem Knish kaum hätte stürzen können. Insider vermuteten damals schon, dass der Wachsoldat einfach gestolpert ist.

Der Hammer, mit dem Christian Baer nach Knish geworfen haben soll, spielte ebenfalls eine mysteriöse Rolle. Er könnte ja auf der Flucht einfach weggeworfen worden sein, was durchaus Sinn ergibt. In seiner ersten Aussage hatte Knish selbst bekannt, dass nicht direkt auf ihn gezielt worden sei. Vielleicht war der Hammer von sowjetischer Seite inszeniert worden, um der offiziellen Version Glaubwürdigkeit zu verleihen.

Im Bericht der Hauptabteilung IX/7 wurde erwähnt, dass die Fundorte der Patronenhülsen, die Liegeorte der Leichen, die anatomisch-topografische Lage der

Schusskanäle und die festgestellten Schussbeschädigungen an zwei Bäumen und die sich daraus ergebenden Schusswinkel und Schussrichtungen in Übereinstimmung mit den Aussagen des Wachsoldaten Knish zum Handlungsablauf sowie zu seinem Standort und seiner Position bei der Abgabe der Feuerstöße standen. Da im Bericht das gerichtsmedizinische Gutachten zitiert wird, hätte aber ein gravierender Widerspruch auffallen müssen: »An der Leiche des Christian Baer wurde auf dem Rücken im Bereich des linken Schulterblattes ein Einschuss vorgefunden. Das Projektil wurde in der Mundhöhle unmittelbar an der linken oberen Zahnreihe gefunden.« Nach der Darstellung des Wachsoldaten Knish müsste er sein Opfer aber von vorn erschossen haben. Christian Baer war zehn Meter entfernt, blieb stehen und erhob die rechte Hand, in der er einen Sack hielt. Diese Handlung deutete Knish so, als ob Christian Baer etwas nach ihm werfen wollte, und der Soldat erschoss den Jugendlichen.

Volker Koop schreibt in seinem Buch *Deckname »Vergeltung«*, dass die Verantwortlichen im MfS vermutet haben, dass der Soldat Knish, als er die Jungen das erste Mal gesehen hatte – und nicht einschritt und keine Information absetzte –, ein Vorgesetzter von ihm die Szene betreten haben muss: »Als dann Uwe und Christian Baer erneut erschienen, wollte Knish sich vor diesem Vorgesetzten nicht dem Vorwurf aussetzen, seine Postenpflichten zu verletzen. Ausschließlich, um nicht selbst bestraft zu werden, wollte er das Bild eines pflichtbewussten Postens abgeben und erschoss im weiteren Verlauf des Geschehens die beiden Jungen.« Diese Version will Volker Koop von einem früheren Angehörigen des MfS erhalten haben. Wir wissen nicht, ob es sich wirklich so abgespielt hat. Wir wissen jedoch aus anderen Quellen, dass die Offiziere den einfachen Soldaten bis zum Ende der DDR oft ein antiquiertes Feindbild vermittelt haben: Sie seien immer noch von Nazis umstellt, die rund um das Objekt oder die Garnison wohnten. Die Nähe zum ehemaligen Konzentrationslager Ravensbrück könnte für diese Argumentation eine Rolle gespielt und die Soldaten zusätzlich motiviert haben, die GSSD unbedingt vor Angriffen des Feindes zu schützen.

Oder war der Konflikt ganz anders gelagert? Stritten sich der Soldat und die Jugendlichen vielleicht um das Altmetall? War der übermüdete Soldat etwa an dem Buntmetallhandel beteiligt und fühlte sich von den beiden Brüdern übers Ohr gehauen? Dafür gibt es keine Beweise.

Am 19. November 1987 wurde der deutschen Militärstaatsanwaltschaft von der sowjetischen Militärstaatsanwaltschaft abschließend mitgeteilt, dass das Ermittlungsverfahren gegen den Soldaten Knish, der am 11. Juni 1987 in Ausübung des Wachdienstes in einer Notwehrsituation die DDR-Bürger Uwe und Christian Baer erschossen hatte, gemäß den Paragraphen 2 und 5 der StPO der RSFSR wegen fehlenden Tatbestands eines Verbrechens eingestellt worden war. Knish hatte in Übereinstimmung mit seinen Vorschriften von der Schusswaffe Gebrauch gemacht, weshalb er strafrechtlich nicht zur Verantwortung gezogen werden konnte. »Er handelte rechtmäßig in Ausübung seiner Dienstpflichten, was einen Umstand darstellt, der eine Rechtswidrigkeit der Handlung ausschließt.«

Diese Beurteilung wurde im Dezember 1987 dem Vater der Opfer von einem Vertreter der obersten Militärstaatsanwaltschaft der DDR mitgeteilt, womit man den Fall endgültig abschloss.

Der Wachsoldat Knish ist der Einzige, der die ganze Wahrheit über diesen Fall ans Licht bringen könnte. Wir wissen nicht, ob er noch lebt, und selbst wenn, ist er für uns unerreichbar und kann nicht mehr befragt werden. Er tötete vorsätzlich zwei Jugendliche und wurde strafrechtlich nicht zur Verantwortung gezogen. Vielleicht legten ihm seine militärischen Befehlshaber eine disziplinarische Strafe auf, weil er dem Ansehen der GSSD in der DDR sehr geschadet hatte. Wir wissen nicht, was konkret aus ihm geworden ist. Aber er wird zumindest zur Erkenntnis gelangt sein, dass es falsche Rechnungen mit glücklichem Ausgang nicht gibt.

Wahrheiten verschwinden nicht aus dieser Welt, auch wenn man sie zurechtbiegt oder interpretiert. »Im Reich der Lügen ist vielleicht die Halbwahrheit König«, dachte der berühmte Kommissar Wallander im Roman *Hunde von Riga* von Henning Mankell. »Warum sagen, wie es ist, wenn man die Erlaubnis hat, auf alle erdenklichen Arten mit der Wahrheit umzugehen?« Und diese Erlaubnis gab es wohl seitens der DDR-Führung, weil das nicht sein durfte, was damals in Drögen geschah.

# Literatur


Akten BStU: Archiv der Zentralstelle MfS AS 6/74 (Mord auf der Flucht); AU 1106/84 Bd. 1 und 2, MfS-BV Schwerin Abt. XIV GfA 62/84 (Mord im Buchholz); ZA HA IX Nr. 5674 (Brudermord).

Dietz, Gerhard: *Gerichtliche Medizin für Juristen, Kriminalisten, Studierende der Rechtswissenschaften und Medizin.* J. A. Barth. Leipzig 1970.

Doyle, Arthur Conan: »Das Rätsel von Boscombe Valley«. In: ders.: *Die Abenteuer von Sherlock Holmes. Sämtliche Sherlock-Holmes-Erzählungen I.* Gustav Kiepenheuer Verlag. Leipzig/Weimar 1983.

Fichte, Hubert: *Das Waisenhaus.* (Volk und Welt Spektrum 196). Verlag Volk und Welt. Berlin 1985.

Haber, Leo: »Methode und Kriminalistik. Juristisch-literarische und methodologische Betrachtungen.« In: *Archiv für Kriminal-Anthropologie und Kriminalistik* 57, 1/1914. Verlag von F. C. W. Vogel, S. 1-39.

Koop, Volker: *Deckname »Vergeltung«. Die Stasi und der Tod der Brüder Baer.* Bouvier Verlag. Bonn 1997.

Krutschkow, L.: »W. I. Lenin – strenger Wahrer sozialistischer Gesetzlichkeit«. In: *Forum der Kriminalistik 1/1971.* Ministerium des Innern. Publikationsabteilung, S. 6-7.

Mankell, Henning: *Hunde von Riga.* dtv. München 2000.

Mankell, Henning: *Die fünfte Frau.* dtv. München 2001.

Rasputin, Valentin: *Leb und liebe.* (Volk und Welt Spektrum 197). Verlag Volk und Welt. Berlin 1985.

Reimann, Wolfgang/Prokop, Otto: *Vademecum Gerichtsmedizin. Für Mediziner, Kriminalisten und Juristen.* VEB Verlag Volk und Gesundheit. Berlin 1980.

Römer, Axel: »Die Vernehmung. Die Aussagedemonstration am Ereignisort«. In: Ehrenfried Stelzer (Hrsg.): *Sozialistische Kriminalistik,* Bd. 3/2. VEB Deutscher Verlag der Wissenschaften. Berlin 1984, S. 64–176.

Satjukow, Silke: *Besatzer – Die Russen in Deutschland 1945–1994.* Vandenhoeck & Ruprecht. Göttingen 2008.
Scheuer, Norbert: *Am Grund des Universums.* C. H. Beck. München 2017.
Trankell, Arne: *Der Realitätsgehalt von Zeugenaussagen. Methoden der Aussagepsychologie.* Vandenhoeck & Ruprecht. Göttingen 1971.
Trifonow, Juri V.: »Der Alte«. In: ders.: *Ausgewählte Werke,* Bd. 3. Verlag Volk und Welt Berlin. Berlin 1983.

# Abkürzungen

| | |
|---|---|
| Abs. | Absatz |
| ABV | Abschnittsbevollmächtigter (der DVP) |
| BDVP | Bezirksbehörde der Deutschen Volkspolizei |
| BHG | Bäuerliche Handelsgenossenschaft |
| BRD | Bundesrepublik Deutschland |
| BStU | Der/Die Bundesbeauftragte für die Unterlagen des Staatssicherheitsdienstes der ehemaligen DDR |
| BV | Bezirksverwaltung (des MfS) |
| DDR | Deutsche Demokratische Republik |
| DRK | Deutsches Rotes Kreuz |
| DVP | Deutsche Volkspolizei |
| EV | Ermittlungsverfahren |
| F | Fernverkehrsstraße |
| FStW | Funkstreifenwagen |
| Gen. | Genosse, Genossen |
| GPG | Gärtnerische Produktionsgenossenschaft |
| GSSD | Gruppe der sowjetischen Streitkräfte in Deutschland |
| HA | Hauptabteilung |
| HA/K | Hauptabteilung Kriminalpolizei |
| HO | Handelsorganisation |
| IGM | Institut für Gerichtliche Medizin |
| i. V. | in Vertretung |
| K | Kriminalpolizei |
| KD | Kreisdienststelle (des MfS) |
| KI | Kriminalistisches Institut (der Deutschen Volkspolizei) |
| KP | (Vordruck der) Kriminalpolizei |
| KT | Kriminaltechnik |
| MdI | Ministerium des Innern |
| MfS | Ministerium für Staatssicherheit |
| MR | Medizinalrat |
| MUK | Morduntersuchungskommission |
| NVA | Nationale Volksarmee |
| ODH oder OdH | Operativer Diensthabender |
| OT | Ortsteil |
| RSFSR | Russische Sozialistische Föderative Sowjetrepublik |
| SED | Sozialistische Einheitspartei Deutschlands |
| SPW | Schützenpanzerwagen |
| StGB | Strafgesetzbuch |
| StPO | Strafprozessordnung |
| SVZ | *Schweriner Volkszeitung* |
| Tgb.-Nr. | Tagebuchnummer |
| UdSSR | Union der Sozialistischen Sowjetrepubliken |
| UHA | Untersuchungshaftanstalt |
| VD | Vertrauliche Dienstsache |
| VEB | Volkseigener Betrieb |
| VM | Vergleichsmaterial |
| VP | Volkspolizei |
| VPKA | Volkspolizeikreisamt |
| VPKÄ | Volkspolizeikreisämter |
| VPB | Volkspolizeibereitschaft |
| ZKS | Zentrale Kräfte Schutzpolizei |